数珠僧

人はなぜ、人を助けるのか

我鳳
Ga Ho

文芸社

「数珠僧」を執筆するきっかけ

最近、地震、津波などの被災地で、国内のみならず、広く海外でも、日本のボランティアをよく目にする。勿論、彼らは、被災して苦しんでいる人々を助ける。被災者にとっては、ある意味、神のような存在である。

私は、海外から引き揚げてきた日本のボランティア団体が、空港で、メディアからインタビューを受けているのをテレビで見たとき、その何人かのボランティアの人々に共通の何かがあったのを覚えている。それは、マラソンを完走した人の表情にも似ていた。非常に疲れていて、苦しそうであるが、その中に透明な喜びがある。それは、何だろうと考えた。ただ、苦しいだけのボランティアやマラソンなら、あの表情はない。助けたボランティアが、助けられた被災者に心を救われているのではないだろうか。マラソンもしかり、倒れるほど体力気力を消耗する過酷なマラソンに、選手は心を洗われる。

私の住む関西では、よく神社で、お百度参りする人を見かける。家族や親しい人の病気などの治癒を古代からの神に祈りながら、百度参りの石と石との間を、文字通り百度往復するのである。お百度参りで救われるのは、その祈りにより、神の加護を受けた人ばかりでなく、それを願い、足を腫らせる人も、そうなのかもしれない。

我　鳳

平成十八年　晩夏

もくじ

数珠僧

――人はなぜ、人を助けるのか――

前口上

八代将軍吉宗が、元禄以降の乱れた風紀を一掃するため、躍起になって、各方面の取り締まりを強化しようとしていた。それは、「諸事、権現様（家康）の御定めの通り」と、自ら馬を責め、鷹狩りをし、また、古来からの武術を奨励して、士風の刷新をはかり、民衆には、賭博、富籤《とみくじ》、心中などを厳禁し、それのみならず、服装までを地味質素に統制し、思想においても、いかがわしい書物の出版を禁じ、儒者の室鳩《むろきゅう》巣《そう》などの知恵を借り、儒教的封建道徳の網を張った。

後の世に言う、「享保の改革」である。（それが行われようとしていた頃が、この物語の時代である。人々は、堕落し、乱れていた）

しかし、それらは、所詮、天でなく、人の作った網である。そのようなものは、人の奥底に潜む根の深い悪には無力で、絶対の将軍自身が陣頭指揮に立とうが、それが絶えることはなく、人間は罪をつくり続ける。そして、その魂は汚れ続ける。一体、誰が、それを救うのか。

数珠僧

「一体、どうなっているんだこの家は……。どこの引き出しを開けても紙袋に包んだ一両小判五枚が、次から次へと出てきやがる。小金を溜め込んでいるただの拓植櫛《つげぐし》屋じゃなさそうだぜ、オヤジ」と、文蔵は安っぽい古箪笥の引き出しから、またもや見つけたその紙袋を懐にねじ込みながら、隣の部屋の、この商家には、不釣り合いとも言える贅沢な作りの仏壇の扉を、両手で観音開きに押し広げ、それの内部を覗き込んでいる父親の泥棒に話しかけた。

父親のほうも、その異常さに気づいていたらしく、「少し、気味が悪いぜ、こんなすぐに見つかる場所に、金をご丁寧に五両ずつ小分けにしてな。屋根裏や床下に纏めて壺にでも入れて隠しておくならともかく」と言いながら、位牌の裏にポンと、無造作に置いてあった五両包みをまた見つけ、素早く懐に入れた。

それからしばらくして、侵入した家のほとんど全てを物色し終わった泥棒親子は、この家の亭主らしい男の手足を縛り上げ、口に猿轡《さるぐつわ》をかませ寝転ばせておいた仏間に戻り、「ハー、ハー」と、荒い息を切らせながら、お互いになんとも言えない不思議な顔を見合わせ、同時に、同じように静かに、その部屋の畳に胡座《あぐら》をかいた。

そして二人は、変わった生き物を見るように、黄ばんだ白目が目立つ大きな目のこの家の主らしい、泥棒親子の息子のほうより四つか五つ年上であろう、二十半ばの、小太りした男の顔を見つめた。

男は、今の自分がおかれている生命の危険さえある、いやむしろ、この二人の泥棒親子に命を取られる確率が異常に高い、特異な状況であるのにもかかわらず、特に自分の身を案ずる様子もなく、二人の泥棒の様子など全く関心がないかのように身動き一つもせず、仰向けに天井の一点を見つめていた。その顔は、小春日和の青空を眺めるなんの屈託もない童のそれのようだった。

文蔵は、「変な野郎だな。やい、命乞いの一つもしないのか、てめぇ」と、その男に言うなり、男の猿轡を毟《むし》り取り、男の顔を睨みつけた。男は、やはり、なんら怯える様子もなく、先ほどと変わらぬ顔を文蔵に向けた。

それは、文蔵に得体の知れない化け物が、自分を今にも呑み込もうとして、自分の顔を凝視し、品定めをしているように思わせた。文蔵の背筋に冷たいものが走った。それが、肛門の手前付近で塊となって、腰から下が砕けそうになった。

文蔵は、今まで味わったことのないその恐怖から逃れようとして、男の襟元を掴み、その顔に強烈な平手打ちをくらわした。ピシャという鏡餅の上面を手のひらで叩くのに似た鋭い音が、静まりかえった家の中に響き渡った。殴られた男は、その勢いのために首を大きく横に振り、顔を激しく畳に打ちつけた。すぐに男の鼻から真っ赤な鮮血が流れ出し、それは畳の上に徐々に滴り落ちて、小餅ほどの大きさの赤い円を形成した。それでも男は、いっこうに何も言おうとはせず、血で濡らした顔をゆっくりと正面に向け直し、また先ほどのように天井の一点を見つめ始めた。

文蔵は、視線をその男から、仏像のように膝の上で手を合わせ座っている父親に移し、

「オヤジ、こいつ、少し頭がおかしんじゃねぇか。普通じゃねえぜ、この野郎」と言

い、眉を寄せ、何ともいえない不愉快な顔をした。

父親の泥棒は、しばらく鼻血で顔の右半分を赤くしている男の顔をじっと眺めていたが、急に男のはだけた襟元を直してやりながら、その耳元で「ご同業だよな、大将。手荒な真似をして悪かった」と言いながら、男の上半身を起こしてやった。

男は、なおも無表情のままで、今度は鼻血を自分の膝にタラタラと落としながら頭を垂れていた。父親は、後ろ手に縛ってある男の縄を解いてやろうとした。

文蔵は、思わず「何をするんだ、オヤジ」と、小さく叫んだ。父親の泥棒が、落ち着いた声で、「大丈夫だ。もうこの大将は、覚悟を決めているんだよ」と言って、縄をすっかり取ってしまった。男は、その通り、縄を解かれても、暴れたり逃げようとは、いっこうにする気配はなく、依然として下を向いたままである。

父親の泥棒は、懐から手拭いを取り出し、「これで鼻血をふきな、大将」と言って、それを手渡した。男は、差し出された手拭いをゆっくりとした動作で受け取り自分の鼻を押さえた。そして、おもむろに顔を上げ、「旦那、いっそ何も言わずに私を殺してくれればよかったんですよ」と、ポツリと言葉を発した。

父親の泥棒は、男の顔を見つめながら、「分かってるよ、大将。そのことは、さっきからあんたの顔に書いてあったさ。長年、こういう稼業をしていると、人の顔から、その人間の考えていることを読むことができるようになるのさ。そうでなきゃ、奉行所の役人や岡っ引きの裏はかけねぇ」と言いながら、どっかりと腰を下ろした。そして、

「そこで、大将、相談だが、あんたは、俺の見るところ、俺達のように泥棒か、掏摸《すり》かは知らないが、裏稼業の人間には違いないよな。なぜなら、俺達がこの家に踏み込んだとき、咄嗟に逃げようとしたあんたの身のこなしようは、ただ者じゃぁなかった。逃げようと思えば、いくらでも逃げられたはずだ。でも、あんたは、何を考えたのか、急に動きを止めて、棒切れみたいに立ち竦んだよな。

それから、何の刃向かいもせず倅におとなしく縛られた。おかしいじゃないかい、大将。それに、家のあっちこっちに、紙に五両を包んですぐに見つかる所に置いているっていうのも何か深いわけがあるんだろう。

俺達も、ご同業と知っていれば、こんなことはしなかったんだ。なんなら、懐に入

れた金もみんな返して、このまま帰ってもいいんだがな。しかし、あとから、あの男は、一体どういう奴で何者だったたんだろう。とか、あの五両ずつの金は、何のためだったんだろう。なんて、この年になって頭を悩ますのが嫌なんだ。どうだい、わけを話しちゃくれないかい、大将」と言って、男の顔を覗き込んだ。

しかし、男よりいち早く口を開いたのは、文蔵であった。

「なんだって、オヤジ。せっかく取り込んだ金を全部返して、こいつの身の上話を聞こうってのか。気は確かかい」と、父親を睨み返した。父親は透かさず、

「ああ気は確かだ。俺たちゃ、確かに泥棒だが、畜生働きする奴らとは別だ。人を騙したりしてあこぎなことをして金を溜め込んでいる奴や、まともな商売をしているが、余分に稼いだ金を自分のためだけに大事に抱いているだけで、貧乏人や世間に何の施しもしない奴らからは、金やお宝は頂くが、見上げた心根の御同業や、金は持っているが、立派な使い方をする奴らからは頂かねぇ。

それはな、お前にも初めて話すが、俺は二十年ぐれぇ前、一度だけ畜生働きしたことがあるんだ。それに悔いて、それからは、今言ったことを破ったことは、一度とね

え。それに、盗んだ金やなんかも、お前が知っているように子が沢山いる貧乏人や病気で難渋している奴らの玄関に放り込んでやっているんだ」と、口早に言い放った。

文蔵は、静かに座りなおし、

「それは、分かっているさ。だから俺もこうして、オヤジの裏稼業を手伝ってるんだ。だが、こいつは裏稼業の人間だってことは確からしいが、オヤジの言うところの見上げた心根の立派な奴だかどうだか、分からねぇじゃないか」と、再び父親を睨み返した。

「だからこれから話を聞こうってんじゃないか。それに、さっきも言ったが、俺は人の顔で、その人間の心が読めるんだ。この大将は、決して悪い奴じゃない。無性に何かを悲しんでいる人間だ」と、父親がしわがれ声で力んだとき、突然、男が言葉を発した。

「旦那、それは買い被りでございます。私は、そんな立派な人間では決してありません。碌でもない殺し屋なんです。だから、いっそ殺してくださいまし」と涙声で言ってから、また急に項垂《うなだ》れ、血交じりの鼻水を畳に垂らした。

それを聞いた父親は、別段、驚く様子もなく、右手を男の左肩に乗せ、「殺し屋は、殺し屋でも、ただ金を貰ってやっちまう奴らとは、違うよな」と、少し微笑みながら語りかけた。

男は、さっき父親から手渡された手拭いで鼻を押さえながら、やっと聞き取れるほどの小さな声で、

「まぁ、殺しを頼む人間から事情を聞いて、その殺す相手が極悪な外道だということで請け合うんですが、それも人を殺《あや》める心暗さに対する気休めみたいなものでございまして、私に殺された相手は、実際には、皆が皆、頼み人が言うほど、悪い人間ではなかったようです。人間というものは、何事においても自分の都合のよいように言うものですから。

それはともかく、私は次々と何人もの人間を五両の金と引き替えに殺しました。あぁ、なんと私は罪深い人間なんだろう」と言い、また天井を見上げた。その横顔に向けて、父親は、

「でもな、あんたが、殺した奴らの中には、本当の、どうしようもない悪《わる》もいたかも

しれねぇよなぁ。其奴《そいつ》らがいなくなって、随分と助かった人間もいるはずだぜ」と、子供を諭すように言った。男は、今度は正面を見据えて、

「そりゃ、中には本当に、頼み人が言ったとおりの極悪非道な人間もいたかもしれません。いいえ、全部がそうだったと、私は願いたいところなんですが、あとで世間の人の言うところでは、私が殺した人間が、仏のような良い人間で、頼んだ人間が、札付きの悪党だったたってことも、しばしばあったようで……。どちらにせよ、あんなことはしないに限ります。どんな綺麗事を言っても、人殺しは人殺しなんですよ。それに……」と、男が言ったとき、文蔵は、

「じゃ、どうして足を洗わねえんだ」と問いかけた。男は、再び項垂れて、

「そうなんです。仰るとおり、何度そう思ったか分かりません。だが、出来ないんですよ、私には。殺しを止めることが……。あれ以来……。

それは、初めて人を殺めたとき……。もう、かれこれ四、五年も前になるでしょうか。ある岡場所で、女郎に寝床で頼まれたんです。それは、厠《かわや》から帰ってきた女郎が興奮して、慌てて私に言うには、五年ほど前、貧乏で病に罹った父親のために拵えた

金、自分を女衒《ぜげん》に売った金のことですが、それを言いがかりをつけ取り上げたヤクザ者がいたらしいのです。その上、その男は、それを返せと、男に言いに行った女郎の母親と幼い弟を半殺しにしたというのです。その札付きのあくどい男が、『今、偶然、隣の部屋に居る。どうかあいつを殺してくれ』と言ったのです。

私は、酔った勢いもありましたが、なんと言っても、生きることが何よりも苦痛でしようのないときでしたので、あとでどうなってもよいと思い、『いいよ、やってやる』と、簡単な用事を頼まれたように、それを引き受けてやりました。それは、私は、若い頃、知り合いの鳶《とび》の手伝いをよくしていましたので、普通の人間よりも身が軽く、手先が器用だったので、人を殺めることなど、人の体を単なる板だと思ってやれば、鑿《のみ》やドスをそれに突き立てることは、簡単に出来そうに思えたからでもあります。

私は、その男の顔、姿を確かめようと思い、女郎屋の廊下に腹ばいになり、隣の部屋の障子に小さな穴を開け、中の様子を覗いました。女郎と交わる男の上半身が見えました。

その男は、見るからに悪党面の、五十半ばの赤鼻の大男でした。

それから、私は自分の部屋に戻り、隣の部屋との壁に耳を当てて、酒を飲みながら、女郎と二人、ヤル機会を待っていました。そして、しばらくしてその男が、用を足そうと部屋を出ました。私は、誰にも気づかれないように、そっと男の後をつけました。そして、その男が慌てた様子で、女郎屋の厠に飛び込んだ後、透かさず、私も周りの気配を探りながら、猫のようにコッソリと厠へ入りました。都合のよいことに、厠には赤鼻の大男と私以外、誰もいませんでした。

私は、懐から女郎が用意したドスを取り出しました。そして、男が私に背中を向けて小便をしているところを、後ろから、心の臓を目がけ、そのドスを突き立てました。男は、刺された瞬間『うっっ』と言う、低いうなり声をあげ、体を仰け反らし、それから反転して両膝を床につけ、私の着物の裾を掴みながら、もの凄い形相で私を睨んで死んでいきました。

それから私は、何食わぬ顔で自分の部屋に戻り、男を殺したことを女郎に言ってやりました。女郎は、しきりに泣いて、私に何度も頭を下げました。そして、黙って紙に包んだ五両の金を私に手渡しました。私は、なんの躊躇いもなく、それを当然のように受け取りました。

それは、憂さ晴らしにあの男を殺したのではない。哀れな女郎のためだ、金のためだ、という弁解じみた理由が、私は欲しかったのです。

それを受け取るとすぐに、私は廓《くるわ》をあとにしました。その数日後、人に聞いたのですが、私の殺したヤクザは、仲間同士の金の貸し借りのいざこざで殺されたということになっていました。

もう少し詳しく申し上げると、あの男が、サイコロ博打《ばくち》で、自分が負けた掛け金を、大した金ではなかったようですが、不服がる弟分にしばしば払わせ、それをちっとも返さなかったらしく、それで、その弟分が、『兄貴分だと思って付け上がりやがって、あの野郎をいつか殺してやる』と、ヤクザ仲間に吹聴していたらしく、それを岡っ引きが聞きつけ、奉行所に捕まったらしいのです。

初めは、やっていないの一点張りだったらしいのですが、爪を剥がされたり、逆さ吊りにされて、水に頭を浸けられたりして酷《ひど》く責められたようで、ついに、『やりました』と言ってしまったらしいのです。

私は、初めそれを聞いて、その弟分のことを、たいそう哀れに思いましたし、自分は、あの男を殺したことで、首を切られても仕方ないと、いえ、そうなればよいと思っていたのですが、なぜか、その時、自分に疑いがかかっていないことを知り、安心をしました。全く矛盾しています。

しかし、私は、その後、いつもどこにいようが、何をしていても、あの男を殺したときのことを思い出して、二十日ほどは、ろくに寝ることさえ出来ず、食事を取るたびに胃の腑の中のものを戻しました。

そして、最初の頃は、あの男は、女郎が言っていたような、あくどい人間だったとしても、親や嫁や子供もいたことだろう。それに、過去には、良いことの一つや二つはしていたかもしれない。ひょっとすると、こんな自分よりは、少しは、マシな人間だったかもしれない。

私が、あの時、殺さずにいたら、何かのきっかけで改心したかもしれない。それを私は、この手で……。なんと、私は、恐ろしい人間なんだろう、罪深い人間なんだと、繰り返し、繰り返し、一日に何十回と、そんなことを思い続け、酷い後悔をしました。

しかし、そのことがその苦痛から逃れるためでしょうか、次第に私の心を違った方向に変え始めたようで、私は、あのことについて、徐々に……〈私が、どこの誰でもなく、この私が、あの男を生かすことを許さなかった。ドスを握った私の手こそが、あの男の一生を終わらせたのだ。私が、あの男の運命を決めた人間なんだ〉と、思うようになりました。

そして、さらに不思議なことが、私の心に起こり始めたのです。それは、私は、あのことをそんな風に考え出してから、なんと言えばよいのでしょうか。

人を殺しておきながら、よくもそんなことが言えるな。と、お思いになるかもしれませんが……。自分が生きていることを実感出来る、と言うか、自分が、生きていられることが、ものすごく有り難く思えてきたのです。それまでは、生きていく上で、衣食住の、ほんの些細なことにでも文句の多かった私が、それからどのような不愉快なことにも腹など立てず、ほとんど不満を覚えなくなってきたのです。いえ、それどころか、当たり前の退屈な毎日が、急になぜか、楽しくてしようがなく思えてきたのです。それは、理不尽にも、生きていることの有り難さや、その楽しさを、人様の命、一生を頂くということで悟ったからにほかなりません。

そのようになってから、私は、たびたび人殺しを請け負うようになりました。と言うより、自分から、恨みのありそうな人間を捜し求め、『そんなに憎ければ、殺してあげましょうか』と、その人達に声をかけるようになったのです。そして、いつしか、私にとって、人を殺すということは、いっそ死んでしまおうかと思うほど退屈で、つまらなく辛いだけの人生が、無数の色鮮やかな花が咲き乱れ、何事も無意味に楽しくてしょうのない野原にでもいるような気持ちになる、精神を高揚させる何かの薬のようなものになってしまったのです。

私は、とうていその魔力には勝てません。いくらあとで後悔しようが、殺しが止められないのです。殺さないと生きてゆけないのです。自分では、もうどうしようも出来ないのです。それに、さらに最悪なことに、私の心に対する殺しの効果は期間が決まっていて、しばらく人を殺さないと、また不愉快な以前の私に戻ってしまうのです。死にたくなるのです。その期間も初めは、一度の殺しで、二、三ヶ月続いていたものが、最近では二十日や十日になり、このままでは、終いに毎日でも、自分が生きるために、人を殺さなければならなくなるでしょう。

私は、そういう人生に、ほとほと疲れました。私などは、一日でも早く死ななくてはいけないのです。ですが、それは、分かっていますが……、どうしても死ねないのです。

あの世で、私が、殺めた者たちが、首を長くして私を待ち受けていると思うと、怖くて自分では死ねないのです。じゃぁ、いっそ奉行所へ行き、『私は殺し屋をしています。何人もの人をこの手で殺しました。これからも殺すでしょうから、晒し首にしてください』とでも言えばよいと、思われるかもしれませんが、そうすれば、今まで私が、この界隈の住人や知り合いを欺いて生きていたことが、皆にばれてしまいます。それは何より、善人面《づら》をしてきた、この私には、死ぬよりも耐え難いことなのです。

私のような、どうしようもない外道でも、生きている限り、下らないこの世の体裁だけは考えるものなのです。それに、その人達にも、あとで人殺しの知り合いだ、ということで、世間に対して肩身の狭い思いをさせ、色々と迷惑をかけるのではないかと思うと、なかなかそれも出来ません。ですから、表向きには、人殺しだと、覚《さと》られずに死にたいのです。

それで、この頃は、誰かに殺されたい、殺してほしいとひたすら願っていたのです。そうすれば、何もかも穏便にすむと、考えるようになったのです。まことに身勝手な考えですが……。

それで最近、『私はこれでも結構、小金を貯めているのですよ』とか、『でも貧乏性で、その金の使い道が分からなくて困っています』などと、将棋仲間や近所の人に言いふらしたりしたのです。そうすれば、どこかでそれを聞きつけた、あなた方のような人が、いつかは来るだろうと思ったのです」と、息も切れ切れにそう言って、父親の泥棒と視線を合わせた。

父親の泥棒は、大きな溜め息をひとつついて、

「そいつは、病み付きってもんだよ、大将。俺たちだって、そうなのかもしれねぇ。口では、義賊を気取っているが、こんなことは死ぬまで誰にも言うつもりはなかったが、人様の屋敷に忍び込んで、物を頂くってことが、その時には、どこからか、誰か

に見られてやしねぇかとか、ちょっとした物音にも、岡っ引きや同心が捕まえに来たんじゃないかと、心の臓が張り裂けそうな怖い思いをして、冷や汗をびっしょり流すんだが、その普段の生活では、絶対に味わえねぇ、その時の気持ちが、正直、たまらねぇんだ。

だから、その時、どんな危ない目にあっても、一月《ひとつき》もすれば、適当な理屈をつけて、また、やっちまうんだ。しかし……。あんたは、俺たちより随分とその病が、ふけぇらしいな。それに俺たちは、ただ、物や金を頂戴するだけだが、あんたの場合は人様の命だ。あんたも、厄介な稼業に手を染めちまったな」と言って胡座《あぐら》をかきなおした。

男は、鼻と口を手拭いで押さえながら、再び視線を落とし、畳の一点を見つめて、「旦那が、今おっしゃった病み付きってことも勿論あるんですが……。私は、自分で分かるんですよ。私の心の奥には、もっと、もっとどす黒い、得体のしれない不気味なものが、あるってことを。

それは……。ある時、突然、稲妻のように起こった恐ろしい出来事が、私達の家族に降りかかってから、それが、段々と私の心の奥底に芽生え始めたのです。それは、もうかれこれ二十年前の、父親の再婚がキッカケだったのです。

私を産んだ実の母親は、いいえ、本当はそうではなかったのですが、当時は、何の疑いもなく、そう思っていました。その人は、一人息子の私が六歳の時、肺を病んで間もなく、死んでしまいました。そして、父親の再婚相手の、義理の母親の亭主だった人も、私の母親が死んだのと同じ年に、近所の者の噂では、鬱が高じて、何も食べられなくなって亡くなったそうです。

残された義理の母には、女で二歳と、それと生まれて間もない年子の男で一歳の乳飲み子がいました。二人は、偶然、同じ時期に連れ合いをなくし、それに同じ町内でもあったので、両家の葬式の世話をした町名主が、『お前たち二人は、どちらも幼い子持ちだから、これから先、お互い一人じゃ、色々と不便だろうから一緒になったらどうだ』と言い出したのが縁で、再婚したらしいのですが……。

義理の母が、うちの家に来て一月も経たないうちに、その邪悪な本性を現し始めました。家は、代々、薬の行商をしていたのですが、初めのうちは、父親が薬を売りに出かけたあとなどの母屋に誰も居ないとき、誰も来ないときに、私が、ちょっとでも些細な過ちをするとすぐに、頬を抓ったり、手で頭を叩いたりするぐらいでしたが、しかし、それは、日を追うごとに酷くなり、私が、父親が大事にしている植木の鉢を割った、母の着物を鋏で切ったなどと、私はした覚えのないことで、それは、母の作り話でしょうが、折檻だ、躾だと言っては、つっかえ棒などで、口の辺りを歯を折るほど殴られたり、柱に頭や顔を打ち付けられたり、時には、真っ赤に焼けた火箸を背中に当てられるという度を超えたむごい仕打ちを受けるようになりました。

当時の私の体には、いつもそうした母親から受けた痣や傷や火傷の痕が、無数にありました。それに、母親は殴るや蹴るだけでなく、私の食事を、まる一日、抜いたり、私のことを口汚く罵ったりもしました。

それは、幼い私の生き地獄の始まりでした。

しかし、たまに苛められないときもありました。それは、母親は、家に人が親戚でも、近所の人でも、いるときには、決して私を苛めようとはしませんでした。

母親は、そのような時は、人が変わったように態度を変え、私に優しく振る舞いました。私には、それが同じ人間がすることとは思えませんでした。

そんな時、私は、その人達に、なるべく長く家に居てもらうよう、袖を引くような嘆かわしい努力もしました。しかし、母は、その人達が居なくなると、またすぐに私を苛めました。

それで、そのことに思い余った私は、母親が髪結いに行っているときに、父親に母親の苛めを訴えました。しかし、父親は、母親に上手く丸め込まれているらしく『それは、躾でしているのだ』とか、『それは、お前がいけないんだろ』などと言って、いっこうに取りあってくれませんでした。それで、仕様がなく、私は藁にでもすがる思いで、離れでほとんど寝たきりに近い病弱な祖父に相談をしました。祖母は、その頃は、すでに死んでいました。

しかし、それは意外に一時のことですが、私を安心させました。祖父は、薄々新しい母の異常さに気づいていたようで、『よく今まで辛抱したな。わしもちょうど、お前を呼んで、そのことで話をしようと思っていたんだ。あれは、お前の今の母ちゃんは病気なんだ。たまに居るんだが、子供を苛めて喜ぶ、心の病だ』と、私の目を見据えながらそう言いました。

いきなり、祖父から『母は、心の病気だ』と、そう聞かされたとき、私は、そうだったのか、とその一言にすごく合点がいきました。

考えてみれば、私が、どうにも出来ない親をてこずらすきかん坊で、苛められる責任が私にあったならともかく、公平に考えて、そんなことは全くなかったように思います。

自分で言うのもなんですが、どちらかと言えば、私は非常に大人しく聞き分けがよくて、義理の母の言うことには、何でもハイハイと言って従っていました。それをあんなに惨い仕打ちをするのですから、きっと、あの人はそうなんだろうと、子供心に納得がいきました。実際、今でも、あの私を苛めているときの母親の歪んだ不気味な、嬉しそうな顔は、ハッキリと覚えています。

それから、祖父は白い眉をひそめ、さらに話を続けました。『お前を産んだ本当の母親でないから、あんなことが出来るんだ。お前を苛めることで、日々の憂さを晴らしているんだ、と言えば、人に簡単に説明は出来るが、さっき言ったようにな、わしの見たところ、あれはそれだけじゃない。あの女の何か気に入らないことがあるときの、わしに対するちょっとした言葉づかいや顔色、それに虫や蠅なんかを殺すときの仕種などでな、あの女の心に鬼がいることが、この年寄りには分かるんだ。しかし、わしにそれを気づかれまいとして、一生懸命、猫を被っているが、わしの目は節穴じゃない。だから、わしも何回か、お前にたいする仕打ちを諫《いさ》めてやろうと思ったが、そうすれば、あの女のことだ、以前より増して、お前に酷い仕打ちをするだろうと思ってな、今までそれをしなかったんだ。それに、この病気がちの老人の体だ。一日中、お前を苛められないかと見張っているわけにもいかねぇ。しかし……。段々とお前に対する苛めは、むごくなる一方だ。もうこの辺で、なんとか手を打たなきゃいけねぇ。それを今、夜もろくろく寝ずに思案中だ。だから、辛いだろうが、わしが考えをまとめるまで、もう少し辛抱するんだ。一日、二日の辛抱だ』と、神妙な面持ちで私の顔を見つめながら、そう話してくれました。

それを聞いた私は、涙を流して喜びました。この祖父に任せておけば、なんとかしてくれるだろうと、やっと救われた思いがしました。しかし、その望みは二日と持ちませんでした。

その話から一日が経った、冬にしては割合に暖かい日、病弱だった祖父が、珍しく体の調子が良いと、離れから母屋に来て茶を飲んでいました。祖父は言った通り、良い考えをまとめ上げたのか、私を見てニコニコと嬉しそうな顔をしました。

しかし、私が厠に入って出てくると、祖父は湯飲みを握ったまま、倒れて死んでいました。卒中でした。そうなったのは、夜も寝ずに、私のことを考えてひどく疲れていたせいだと思います。そうに違いありません。

体の弱い祖父に、そんな心配をかけてすまなかったという後悔の思いと同時に、もうどうしようもないんだという絶望が、私の心に溢れました。

そして、急逝した祖父の葬式がすんだ次の日、母親はいつにもなく、ひどい苛めを私に加えました。それは、二、三日の間、通夜や葬式で心身ともに疲れ、気がムシャクシャしたせいでしょう。そして、その日の夕方、母親に、焼け火箸で背中を焼かれたとき、私はあまりの痛さに気を失いました。

気がついたとき、私は手足を縛られて、仰向けに押入れに入れられていることが、分かりました。義母は、私を折檻したあと、いつも私をそうしていました。そして、すぐに再び背中の激痛を感じました。その激痛のために私は、無意識に体を左右にもがきました。でもその時、様子が、いつもと違うことに気がつきました。聞きなれぬドスの利いた男の声がしたのです。私は、その動きをピタリと止めました。私は全身を耳にし、部屋の様子をうかがいました。二、三人のあちら、こちらと動き回る足音がしました。

私は音を立てないように、頭の上の方の、ほんの少しの襖と柱の間から漏れ入る光の所に目が届くように体を伸ばし、そこから部屋の様子を恐る恐る覗いてみました。正面の見慣れた箪笥から、私が折檻を受けていた義母の部屋であることが、すぐに分かりました。私はもう少し背伸びをして、下の方を見てみました。すると、足袋を履いた誰かの両足が見えました。その足は、先ほどから聞こえる足音を立て、隣の部屋に行きました。そこから、さらに下側を見ると、汚い手拭いが、両足を着物の裾の辺りで、縛り付けられているのが分かりました。その着物の柄からそれが、義母であることが分かりました。それから、義母の後ろにもう一人、同じようにして、仰向けに寝かされている人間がいることが分かりました。それが、父親であることもすぐに分かりました。

しかし、父親のほうが全く動きませんでした。私は、初め死んでいるのかな、とも思いましたが、義母越しに見える腹が、上下にゆっくり動いているのを見て、そうではないと分かりました。それと同時に、私の家が遭遇した災難もほぼ見当が付きました。（泥棒が、入ったんだ）と心で叫びました。

その時です。泥棒の一人であろう人間が、先ほどからの足音を立てながら廊下から、軽い身のこなしで素早く部屋に入って来ました。そして、続けてまた一人、こちらは先に入って来た泥棒に比べて、小柄で、歩き方から少し年寄りのようでした。

二人は、母親と父親の足が、向いている方に胡座をかいて座りました。そして、殺されると思ったのでしょうか、縛られた体を釣り上げられた鮒のように激しくバタつかせている母親に向かい、小柄な年寄りのほうが、声を発しました。『御新造さん、そんなに心配しなさんな。俺たちは、金目のものはいただくが、命はいただかねぇ。それに、いただいた金は、暮らしが貧しくて、明日にでも首を括らなきゃいけねぇ哀れな奴にくれてやるんだ。まぁ、世間でいう義賊だ』。それを聞いた母親は、先ほどの動きを止めました。そして、猿轡をされている首だけを畳から持ち上げ、肩で大きな息をしながら泥棒たちを睨みました。

それを見た年寄りの泥棒は、『苦しそうだな、御新造さん、大きな声を出すんじゃぁねえよ。それさえしなければ、その猿轡を外してやる』と言いながら、母親に近づき、腰から上を起こし、義母の顔から猿轡を取りました。あなたが、私に今日したように……」と言い、男は顔を上げ父親の泥棒をチラリと見て、そして、またおもむろに下を向き話を再び始めた。

「母親は、大きな口を開けて空気を吸い込み、自分の今置かれている立場を忘れたのか、意外なことを言いました。『なんだい、偉そうなことを言いやがって、泥棒。何が義賊だ。人の金を盗んで何を威張ってやがる。金を返せ』と、はっきりとした口調でそう言ったのです。

年寄りの泥棒が、『は、は、はぁ』と笑うと、すぐに『威勢のいい、御新造さんだ。でもな、それ以上大きな声を出しちゃぁいけねぇよ。はっ、はっ、はっ』と言い、再び笑いました。しかし、母親は、さらに驚くべきことを言い出しました。『そっちの若いの。あんた頬《ほお》っ被《かぶ》りをしているけど、あんたの目には、覚えがあるよ。その目の上の傷にもね。喜八だろ。いじめられっ子の売女の子の喜八だ。お前の父ちゃんは飲んだくれで、そのうえ卒中になってから命こそあったが、中風になって、手足が震えて自分でろくに飯も食えなくなった。それで、大体がいかがわしい女中だったお前の母親が、近所の連中に体を売ってお前や兄弟を食わしたんだ。それで、お前は、売女の子、売女の子と、近所のガキから苛められて石なんかもぶつけられた。その傷が、その右目の上の傷だ。その情けない野良犬みたいないじけた目は、忘れられないよ。そうさ、私を忘れたかい、あんたを近所のガキと一緒に苛めたオキヨだよ。苛められてひねくれてあげくの果てが、泥棒か、あんたにお似合いだよ。さぁ、早く手足を自由にして、取った金を返しな。こん畜生』と言ったんです。それを聞いた私は、思わず小便を垂らしました。

しかし、言うまでもなく、それ以上に驚いたのは泥棒二人でした。年寄りの泥棒は、思わず頬っ被りを取り、立ち上がりました。両手が固く握られ、それは激しく震え、顔は真っ青でした。

一方の喜八と言われた泥棒も頬っ被りを取り、鬼のように義母を睨み付け、『なに、オキヨだと。てめぇは、あの俺を苛めた性悪のオキヨか』

義母は、間髪入れず、『何が性悪だ。売女の子の喜八。本当のことだろ。何か文句があるのかい。さぁ、さっきから言っているだろ、早く縄を解いて金を返しやがれ。そうしてから、謝るのなら許してやってもいいよ。さぁ、早くしないかい。喜八』と、高所から叫びました。

それを聞いた喜八は、懐からドスを取り出し、義母に向かいました。もう、殺すしかないと思ったのでしょう。しかし、その瞬間、年寄りの泥棒が、喜八の、そのドスを持った手を掴み、

『分かったよ喜八。分かった。この女は、普通じゃねぇ、生かしておいても、人を苛めるだけの性悪だ。しかし、お前が、手を汚すことはねぇ、俺がやってやる』と言い、ドスを若い泥棒から奪い取り、それを義母の胸に突き立てました。

義母は、『うぅぅ、畜生』と言うと、バタリと俯せに畳に倒れました。突き刺さったままのドスを義母の体が押したので、倒れた拍子に背中からタケノコのようにドス

の刃が、ニョッコリと出ました。そして、義母は、しばらくの間、白目を剥いて、激しく口を歪めながら、畳を引っ掻くような仕草をしましたが、急に静かになり、そのおぞましい顔を私に向けて、死んだのです。

私はまたしても、その恐ろしさのために尿を漏らし、ブルブルと止めどなく全身を震わせました。今にも気が狂いそうでした。

そして、その時、予想もしない人間が大声で叫びました。『ひ、ひ、人殺しー、誰か来てくれ、助けてくれー』というものでした。二人の泥棒は、その大声に狼狽しました。その声を発したのは、いつの間にか気が付き、猿轡を外した、いえ、勝手に外れたのでしょう、私の父親でした。

しかし、一瞬にして、その声は終わりを告げ、その代わりに『げっ、げっ、うぅ、うぅ』という父親の断末魔の声に変わりました。年寄りの泥棒が、自分の懐のドスを抜き、父親の鳩尾《みぞおち》を刺したのでした。

そして、どちらの泥棒もしばらくの間、呆然と立ち竦んでいました。しかし、老いた泥棒が、『こんなことになるなんて……、夢にも思わなかった。えれぇことをしちまったもんだ。口で綺麗ごとをたれて、人様の金を盗んできた報いかもしれねぇ。喜八、これは俺の因果だ。おめいは、気にするな。俺は、奉行所にこいつらをやったと願い出る。おめいは、ずらかりな。いや、それじゃぁ、よけい疑われる。知らん顔を決め込みな。いいか』と、涙ぐんで言ったのです。しかし、それを聞いた若い泥棒は、『何を言うんだい、とっつぁん。あの女が俺を知っていたから、こうなったんだ。奉行所に行くのは俺の方だ』と、老いた泥棒の両肩を掴んで言いました。老いた泥棒は、目をすごめ、『馬鹿やろう、おめいには、乳飲み子もあんな可愛い嫁っ子もいる。お前の首が獄門台に晒されたら、誰があいつらの面倒をみる。俺は、この世で一人だ。俺が、願い出る。俺が、二人をやったんだ』と言いました。しかし、若い泥棒は、大きく首を左右に振り、『やったのは、とっつぁんだが、そりゃ、いけねぇよ。乞食坊主で、食うものがなく、山道で死にかけていた俺をここまで世話して育ててくれたとっつぁんを獄門台に行かせるわけにはいかねぇ。俺が、やったと願い出る』と双方、いっこうに引かないのです。そういう問答が、しばらく続きました。

そして、根がつきたのか、老いた泥棒が、『こんなことをいつまで言ってても、どうにもならねえ。とにかく、俺たちゃ人様を二人も殺したんだ。それは、償わなきゃいけねぇ……。じゃぁこうしよう、それしかない。あの奥で寝ている二人の子供がいたな。あの子達を罪滅ぼしに、俺達が立派に育てようじゃないか。それで、どうだ。二人は、俺《おれ》ん家《ち》で育てる。この権助が、表稼業の蕎麦屋の〝権助〟で、お前は、それを手助けてしくれ。二人で、どこの子より立派に育てよう。それで良しとしないか。それで手打ちにしようじゃないか、喜八』と若い泥棒の顔を覗き込みました。

若い泥棒は、少しの間、じっとして何も言わなかったのですが、しばらくして、俯きながらゆっくりと首を縦に振り、『そうしよう、それしかない。俺達が、育てよう。心根の立派な人間に』と、そう言いました。

二人の泥棒は、母親の連れ子二人を抱いて、家を出ました。私は、それからしばらくして、押入から這い出し、大声で助けを求めました。運良く見回りの同心にそれを気づいてもらうことができました。同心と岡っ引き二人は、玄関を壊して中に入って来ると、すぐに私を見つけ、縄を解いてくれました。

私は、押入の中から見ていたことを口早に二人に説明しました。すると、同心は、岡っ引き一人を残し、あの泥棒を捕まえるため、うちを飛び出しました。あとで聞いた話ですが、その同心はなかなかの勘のいい男で、その勘をいかして、とうとう泥棒を見つけたらしいのです。追われていることを知った泥棒親子は、必死に逃げようとし、町中を走り回ったらしいです。で、それでどうなったかというと、泥棒親子は、なんとか逃げおおせたのですが、家《うち》から連れ去った上の女の子を、その時に落としてしまったのです。そして、その子、私にとって義理の妹だけが、家に帰ってきました。あとから、私は、同心や岡っ引きから、泥棒のことや親が殺されたときのことを根ほり葉ほり聞かれましたが、あることを、とぼけとおしました。そのあることとは、二人の泥棒の名前と、その一人が、表稼業で、〝権助〟という蕎麦屋を営んでいることです。なぜなら、私はあの泥棒親子を心から有り難いと思ったからにほかなりません。あの地獄のような母親の虐待から救ってくれたのですから。だから、その恩返しのつもりで、二人を助けてやろうと思って知らぬふりをとおしたのです。

それから、身よりのない私たちは、町名主の世話で、私はこの柘植櫛屋に貰われ、義理の妹は、その頃、羽振りのよかった料理屋の伊勢八に貰われました。ご存じのように、伊勢八は二年前の火事で、主人から丁稚まで焼け死んで潰れましたが、義理の妹だけは、神の助けか、よその家に遊びに行って、そこに店の女中と一緒に泊まっていて助かったそうです。それで、伊勢八の親類に引き取られ、去年、大工のところに嫁に行ったらしいのです。

言っておきますが、妹は、私という義理の兄がいることは、いっさい知りません。子が無かった伊勢八夫婦は、実の一人娘として義理の妹を育てたからです。そのために、町名主に幾ばくかの金をやって、そのことは口外しないでくれと頼んだのです。金を貰った町名主は、私どもや、その事情を知る者に、その金の一部を渡して、そのほうが妹のためだと因果を含めました。町名主の言うことですから、私達は、そのはした金をもらって、神妙に頷きました」

そう言って、男が顔を上げたとき、驚いたのが目の前の二人の泥棒の変わりようであった。二人とも、顔から全ての血が引き、一瞬にして目の周りに黒い酷い隈《くま》が出来て、死人のように目が据わっていたのである。

若い文蔵と呼ばれていた泥棒が、「はっ、はっ、はっ」と急に大声で笑い出した。

そして、「とっつぁん、じゃぁ、この殺し屋の旦那は、俺の義理の兄で、俺の嫁の、嫁の、ガキまでいる、俺の嫁の……」と言ったところで、大粒の涙を流し始めた。そして、「俺のかわいい嫁のお美代は、実の姉って、こったよな。それから、それから、とっつぁん、あんたは、俺の親を殺した敵《かたき》だ。あぁ、あぁ、あぁー、頭がおかしくなる。どうすりゃ、いいんだ。なんてこった。仏様、神様、助けてくれー。助けてくれー」と言い、頭を畳に打ち付けた。

柘植櫛屋の男も、「なんて、ことだ。あんたは、あの時、連れ去られた義理の弟か」そして、年寄りの泥棒に向かい、「あんたは、あの時の若いほうだった泥棒か。あんたが、泥棒のあんたが、善人ぶってやったことの始末が、こんなことだ。俺はまだい い、だが、義理の弟や妹はどうなるんだ。こんなことがあっていいのか。神も仏もいやしない」と、興奮した口調でそう言った。そして、年寄りの泥棒が、重い口を開いた。

「みんな俺のせいだよ。義賊を気取った俺のせいだよ。泥棒のくせに善人ぶった俺のせいだよ。天は知っていたんだよ。そして、俺に教えたんだ。昔、覚心坊という名の僧をしていた俺に。俺は、経だけをあげる坊主より、義賊の俺のほうが偉いんだ、人のためになっているんだって、思い上がっていたんだ。その俺に、天は、お前はこの世で一番罪深い人間だってことを教えたんだ。みんな俺が背負い込んだ因果だ。そして、さらに天は、その罰を俺の裏稼業を手伝う義理の息子のお前にも当てて、お前にもいや、若いお前にこそ、その罪深さを分からそうとしたんだ」と言ってから、大きく息を吸い込み、

「すまねぇ、文蔵。俺はこうするしかほか、お前に謝ることは出来ねぇ」と言い、父親を刺したドスで、自分の心の臓を一突きにして、畳に俯せるように倒れた。真っ赤な血が、畳を染め始めた。

そして、さらに柘植櫛屋の男が、「今日を外しては、死ぬことは出来ねぇ」と言い、俯せに倒れて息の絶えている年寄りの泥棒が握っているドスをその手から奪い取ると、自分の首を切り裂いた。恐ろしいほどの鮮血が、飛び散り、障子を真っ赤に染めた。若い泥棒は、二人の死を何かの芝居を見るように放心状態で正座をして見ていた。

しかし、それが夢でない証拠に自分の顔を濡らした鮮血が目に入り、またそれが、

鼻にも口にも伝わって、鉄臭い味がした。そして、若い泥棒は夢遊病者のように柘植櫛屋を玄関から出た。

半時（一時間）ばかり、何も考えられなかったが、雲の間から、薄暗い三日月が顔を出したとき、泥棒はある決心をした。

（皆、死のう。この世では、誰にも言えぬことである。死んで仏に頼もう。この罪深い畜生夫婦と哀れな子供の魂をなんとか助けてやってくださいと。それ以外に方法はない）そう思いを定め、己の家へと足を進めた。そして、長屋の一番奥の自分の家に盗みに入るよう静かに入った。

手には、ドスが握られている。泥棒は、夜目が利いた。薄暗い月明かりでも、はっきりと自分の嫁と清吉という生まれてまもない我が子が、一つの布団でスヤスヤと眠っているのが見えた。（さぁ、やるんだ。）と自分を促した。ドスをお美代の胸の上に構えた。冷たい汗が全身から吹き出した。

（さぁ、何をしている。実の姉弟で夫婦となり、子供までつくったんだぞ。俺達は犬畜生だ。これから、どうやって生きてゆく。死ぬしかない。やるんだ）と、心中で叫んだとき、赤ん坊がうっすらと目を開けて、父親の顔を一瞬見て、笑い、すぐにまた目を瞑り眠った。泥棒はそれを見て、二人の上から飛び退いた。そして、（そそ、そうだ、俺だけが死ねばいいんだ。こいつらは、何も知っちゃいない）と、心で大きく叫び、長屋から飛び出した。その音に気づいたのか、嫁が「あんた、帰ったのかい」と上半身を起こし、そう言った。その声に驚いたのか、赤ん坊が激しく泣いた。

男は、走った。心臓が、飛び出るほど全力で走った。そして、半時（一時間）も走ったであろうか、大川の岸に出た。そこで、力尽きゴロゴロした石の上に倒れた。

男は、家族三人で花見をしている夢を見ていた。目の前には、見たこともない馳走が並び、嫁のお美代と自分の子が眩しく光り、ニコニコと自分を見て笑っている。だが、そこへ雨が降りだした。しかし、二人は、そんなことは、気づかないように先ほどと何も変わらない笑顔を自分に向けている。しかし……。その雨は、しばらくして血に変わった。見る見る二人を赤く染めていく。そして、向こうから、大名が乗るような駕籠が、こちらに向かってくる。駕籠を担いでいた一人が、顔に付けていた頭巾を取って、深くお辞儀をし「お待たせしました。地獄からお迎えにきました」と、恐ろしい言葉を吐いた。そして、もう一人が、駕籠の襖を開け終えたとき、同時に面を上げた。自分を育てた父親代わりの泥棒と柘植櫛屋の顔面蒼白な死人であった。若い泥棒は、慌てて嫁と子を抱きかかえ、「さぁ、こっちへ来い、逃げるんだ」と叫んだとき、自分の嫁と子の二人の首が、ポロリと落ちた。真っ赤な顔が、落ちてからも自分を見て笑っていた。そして、若い泥棒は、目を覚ました。「どうして、こんなことになっちまったんだ。呪われているのか、俺達は。どうして、俺達だけ……」と言い、俯き、石に大粒の涙を落とした。

男はしばらくの間、川面を見つめていた。（なぜ、死ねないんだ。残された二人のためにも死ななくちゃいけねぇ。あのおぞましい事実を知っている俺は。お美代や清吉は、知らないで生きてゆけばいい。それなのに、なぜ早くあの水の中に飛び込めねぇんだ、この俺は。俺は、臆病者か、いや違う。もう少ししたら……。必ず……）と心で思い、再び川面を見つめた。

また、しばらく時間が経った。男は、うずくまりながら、小さな声で、「何かやり残しているような気がする……。いや、今になって、この犬畜生が、何をするってんだ。思い上がるんじゃねぇ。世迷い言を言っている場合じゃねぇ。おめえが、今しなくちゃいけねぇことは、一刻も早く死ぬことだ」と自分を叱咤した。

そして、勢いよく立ち上がり、足早に川の縁へと近づいた。川は、ここ数日の雨のために水かさが増えていた。川の中央付近では、大きな水のかたまりが渦を巻いている。

男は、（あそこまでいけば、死ねるだろう）と、そのうねりを見つめた。そして、一歩、二歩と徐々に川の中をそのうねりに向かい進んだ。腰の辺りまで、水に浸かった。しかし、そこで男は立ち止まった。（なぜだ、なぜ進めない、もう少しじゃねぇか。しかし……。何かやり残している気がする。いったい何だ。この場におよんで）心中で臍《ほぞ》をかんだ。と、その時である。男の後ろから、「今、死ぬのは、おやめ。汚れた魂のまま死んじゃいかん。死ぬつもりなら、その命、死んだつもりで、人の役に、いや、自分を助けなきゃいかん」と言う、何か懐かしく思える声が聞こえた。男は、ひょっとして、知り合いかと思い、ゆっくりと振り向いた。すぐ後ろの川の中に、会ったこともない、何もかもがボロボロの僧が、水の中に突っ立っていた。しかし、その僧は、今の状況にあるべきでない不思議な優しい目を男に向けた。そして、「な、死ぬ気なら、その命、当分、わしに預けてくれないかい。わしの手助けをしておくれ」と、今度は子供のようなあどけない顔でそう言った。そして、さらに言葉を続けた。

「死んでしまいたいような、人にも言えない、辛い大変なことがあったんだろう、可哀想に。その若い身空《みそら》で。さっ、さっ、こっちへおいで、今、死んだらだめだよ。あんたは、まだ、やり残していることがある。死ぬ前にあんたの魂を救わなきゃいかん」と言い、男の手首の辺りを掴んだ。そして、川岸に向かい男の手を引き歩き出した。

手を引かれた男は、あらがおうとしたが、それが出来なかった。何かの術にかかっているような気がした。そして、川から二人は出た。それから、老僧はちらりと男を見つめて、

「少し行ったら、小さい潰れかけた荒れ寺がある。日が上らないうちにそこに行こう。

さっ」と、年長の子供が、自分より小さい童にでも言うように諭した。男は、ただ、何も言わず頷いた。

心中、男は死に切れぬ自分に、「あんたは、まだ、やり残していることがある」と言った、自分の心の中を見透かした僧にそれを聞いてみたい、と思ったのである。それに今の、いくら死のうと思っても死ねない自分は、このみすぼらしい僧に縋るほか、どうすることも出来ないと悟ったのである。それに不思議だが、あの時、僧に声をかけられたとき、情けないが、嬉しかったのである。こんな自分にでも、嘘でも助けてやるという奇特な人間が、まだこの世にいたことが。

しかし、半面、この僧が、本当に自分を救うことなど出来ないだろうとも、思っているが。

四半時も経たないうちに二人は、荒れ寺の朽ちかけた門を潜った。門を過ぎると、この寺に似合った枯れかけの柿の大木が、寂しそうに二人を見下ろしているようだった。その時であった。僧は、一瞬立ち止まり、「この木の下に、なっ、頼むよ」とポツリと言った。

連れられてきた男は、「何を言いなすった」と小声で、問いかけたが、僧はそれには何も答えなかった。そして、僧は、荒れ寺の本堂に男を連れて入った。そこには、仏は一体も無かった。それを据えていた台座だけが、残されている。屋根は、数え切れないほど、あちらこちら、朝の光が、差し込む穴があいていた。いや、よくこれで、屋根が落ちないことだ、と言ったほうがいいようなありさまであった。床も同様の様子であったが、しかし、この僧がそうしたのであろう、塵一つなく綺麗に掃除されていた。僧は、男に「お座り」と床を指差し声をかけた。男は、言われるままにそこに正座した。そして、僧もまた男の前に腰をおろした。

「わしはな、数珠僧という僧侶じゃ。どんな僧かというとな、時間をかけて、難しく言うときりがないから、簡単に言うぞ。旅をして、難渋している人間の手助けをするんじゃ。例えば、ただで、貧乏な人間の葬式や法事をしてやり、経をあげるのは当然。誰も引き取り手のない行き倒れの無縁仏の墓を作り弔ってやったり、飢えている人間を見つけては、水をやり食い物をやり、病気で苦しんでいるものには、薬を山で採ってきて飲ませたり、金や借金で難渋している人間には、自分が普請場などで働いて、その金をやったり、金貸屋に出向いて、なんとか返済の期日を延ばしてくれるよう、土下座して頼んでやったり、それでも駄目だったら、夜逃げの手伝いまでしてやったり何でもするのじゃよ。それから、勿論、あんたのように苦しんで死のうとしている人間の魂を救う手助けをするのじゃよ。

わしもあんたのように死のうとしているところを、わしの一つ前の数珠僧に助けてもらったんだよ。大体のことは、飲み込めたかい。もっと詳しく説明してやりたいが、なにせ、時間がないんじゃよ」と言い、男の顔をのぞき込んだ。男は、小さな虫の鳴くような声で、

「坊様の言われたことは、大体は分かりやしたが、あっし自身はどうしたらよいか、皆目分かりません。それに、坊様には申し訳ないが、あっしはここへ連れられてきただけで、全然、魂が救われた気はしていませんし、今でもすぐにでも死にたい気分です」と正直なところを言った。数珠僧という僧は、「そりゃ、当たり前だよ、まだ、お前さんは、何もしてないからさ。やり残したことを」と言い、ニッコリと笑って見せた。

男は、「私に何をせよと言われるのですか」と、困り顔で聞いた。僧は、「簡単なことだよ、あんたが、まず、死にたくなったいきさつをわしにみな、喋っておくれ。そしたら、わしは、あんたに、わしが以前、どうして死にたくなったのか、あんたに皆、言う。最初は、それだけのことじゃ。ただ、その間に、わしは、あんたの頭を丸める。それからな、あんたはこの寺を出て、さっきわしが言ったように全国を旅して、困っている人間を見つけては、それを納得するまで助ける。それを繰り返して、自分の心に償いをするのじゃ。それゆえ、わしらの人助けは、他人も助けるが、自分の後悔の心を助けるのじゃ。まぁ言えば、助ける人間に助けられるのじゃ。魂がな。それでな、それを続けるうちに、これという人間に巡り会う。そう、わしにとってのあんただよ。そしたら、今日、わしのしたのと同じことをその人間にしてやる。それで、終わる。そして、その人間、今は、あんたじゃ、その人間から、すなわち、あんたからまた始まる。終わって始まるのじゃよ。

わしらは、丸い糸に通された百八つの数珠玉で出来ている数珠と同じじゃよ。途切れることは決してない。そして、救われなければならない魂も、途切れることがない。

それを救い救われるのが、数珠僧じゃ。数珠僧になって他人を救い、また自分の魂を救うことが、あんたがやらねばならない、やり残したことなのじゃよ。分かったかい」と言い、またニッコリと笑った。

そして、僧は、ゆっくりとした動作で立ち上がり、「少しばかり、ここで待っていなさい。あんたの頭を丸めるための水を裏の井戸から汲んでくるから」と言い、男を残した。男は、ただひたすらじっと老僧の帰りを待っていた。その間、ふと、急に、以前から、夢で、今と全く同じ状況を何度も体験したことを思い出した。それゆえ、今、あの僧に頭を丸められ、数珠僧という僧侶になることも、当然のことと思えた。それともう一つ、自分がそうなることとは別の、もうすぐに起こる出来事を目のあたりにすることも、それによって、今は、すでに分かっていた。

男は、おもむろに自分の後ろの開けっ放しの本堂の戸の向こうに見える枯れかけた柿木を見た。その時、「そのことは、今、考えなくていいよ」という老僧の声が男の耳に届いた。男は、前を向いた。それと同時に老僧は男の後ろに回った。手には、半分ほどの水が入った手桶を下げていた。それを自分の横に置くと、懐から剃刀を取り出し、男の後頭部に向かい一礼した。そして、「小指ほどずつ束ねて、ゆっくりと切ってゆくから、慌てないで、話をしなさい」と言い、まず、第一番目の束を切った。

男は小さな声で、昨日あったことを話し始めた。老僧は、男が話を一区切りつけるたびに、一束、人差し指と親指で、くるりと少しの髪をねじ上げ、それを引っ張り、ザクっと切ってゆく。話を聞いているときは、「そうか、そんな境遇だったのかい、哀れにな」とか、「つらかったであろう」などと、合いの手のような、少しの感想を発した。しかし、その規則性のある動作が、一度だけ、違ったときがあった。それは、男が、昨日、初めて知ったが、自分を育てた泥棒が、以前、覚心坊という僧であったということを話したときである。老僧が、指で纏めた髪をそれまでの呼吸で切らず、その束を握ったままの状態が、しばらく続いたのであった。

男は、「どうなされました」と尋ねた。老僧は、

「いや、大したことではないよ。その覚心坊というのは、わしの実の兄じゃ。修行をしていた寺で、こんなことをしていてもしようがないと言って、そこを飛び出したのよ。それが泥棒になって、そのようなことをしていたと聞いて、正直、少し驚いたの

じゃよ。ただ、それだけのことじゃ。さぁ、続けなさい」と言って、握っていた髪の束を切った。それを聞いた男も、他人事のように「そうでしたか、あなたの兄様でしたか」と、ポツリと呟いた。

一時ほどで、男の話が終わった。それと同時に一人の新しい僧が誕生した。老僧は、その僧に向かい手桶に溜まった男の髪の毛の山を見せ、「これだけじゃった。あんたの話は」と言い、それを男の膝の前に置いた。そして、男の前に座った。「では、わしの話じゃ、聞いておくれ」と言い、話を始めた。

「ちょうど、十年前のことじゃ。わしは寺を出て、百姓をし始めた。その時に運悪く、恐ろしい飢饉がわしらの村を襲った。雨が全く降らんかったのじゃよ。作物は、全て枯れ果て、川も涸れ果てて飲み水すら手に入れるのが難しいことになった。村人は、次々に死んで逝った。魚の干物のようになってな。わしは、昔、坊主をしていたから、村の衆に頼まれ、その者達の弔いをした。百人も、いや、それ以上死んだよ。わしには、その時、嫁と生まれたばかりの子がいた。嫁は、ろくに食べるものもないので乳も出ない。それは、うちの嫁だけでなかったから、どこに行っても乳を貰うことなど出来なかった。赤ん坊は、見る見る痩せ細り、とうとう死んでしもうた。嫁は、その子の名を一晩中、何度も呼び、体を揺すった。わしが、「もう、諦めろ」と言ってもいっこうにそれをやめようとしなかった。わしは、いつの間にか、疲れ果てて寝てしまった。

しかし、嫁が『ご飯の用意が、出来たよ』と言うので、驚いて目を覚ました。『今日は、鳥粥だよ。さぁ、お食べ』と言うので、恐る恐る目の前の火にかかっている鉄鍋の蓋を取った。そこには、死んだわしらの子が、バラバラになって、小石と一緒に炊かれていたものが、その血でグツグツ煮えていたんだよ。そぅ、嫁は、気が狂ったんだよ。それから、嫁は家を飛び出して、崖から飛び降りて死んだ。わしもその後を追って、死のうと、崖淵に座り込んでいるとき、数珠僧に手を引かれ、こうなった。これが、わしの話じゃよ」と言いながら、懐から、分厚い手紙のようなものを取り出し、

「これは、経じゃ。旅をしながら、ボツボツと覚えなさい。それから、一人助けるたびに一つずつ、数珠玉を糸に通しておゆき。そうそう、わしも今、一つ付ける」と言

い、手首にしていた数珠の糸を解き、懐から数珠玉を一つ取り出し、針で穴を開けて、それに通した。

「これで、百八つ。これで、わしの数珠は、やっと完成じゃ」と言い、合掌した手の間にそれを挟み、数回、顔の前で擦り合わせ、「ありがたや。貴僧を助けたおかげで、わしも貴僧に助けられた」と呟いた。

それから、それを自分の片手首に通し、「次は、お前さんの数珠作りじゃ。最初の一つめの玉は、わしが糸に通そう」と言い、懐から糸ともう一つの数珠玉を取り出し、前と同じ仕草で、数珠玉を糸に通した。そして、その一つしか玉のない数珠を男の手首に通した。男は、ずっと黙っていたが、そうされたとき、

「あなたさまで、何代目なのでしょう。数珠僧は」と、老僧に問い掛けた。老僧は、簡単に、

「うん、わしの前が、百七人目と聞いているから、百八人目だよ。だから、貴僧からまた始まる」と言いながら、着物を脱ぎ始めた。そして、「貴僧も着物を脱ぎなさい。わしのと交換する」と言った。

男は、言われるままにそうした。それから老僧は、髪の入った手桶を男に渡し、「この本堂の裏に貴僧のような若い、松の木がある。そこに行って、この髪を蒔いておやり。腐って後、少しは、育ちの役にたつじゃろう」と言い、裏に通じる廊下を指差した。

男は、すぐに「はい」と言うと、立ち上がり、老僧の指差した廊下の方へ歩き出した。しかし、急に立ち止まり、振り返った。老僧の姿を見るためである。男は、しばらくじっと老僧の後ろ姿を見つめた。そして、またすぐ歩き出して、本堂の裏庭に出た。

老僧の言う通り、まだ、幼木と言ってよい松があった。男は、腰を屈め、自分の髪を木の周りに落とし、丹念にそれを土に手で擦り付けた。それをし終えると、静かに本堂に戻った。そこには、やはり予想していた老僧の屍があった。新しい数珠僧は、その座ったまま命を閉じた老僧に向かい手を合わせて、一礼した後、両腕で抱き上げ、この寺に来て最初に言われた通り、柿木の下に手厚く葬った。

男が、荒れ寺を出ようとして、門の下を再び潜ったとき、日は、いつの間にか、夕刻になっていた。真っ赤な夕焼けであった。それに向かい、男は歩き出した。

その赤の中に一つの黒点が、宙に浮いていた。烏であった。やがて、その烏は、寺の柿木の一番高い枝にとまった。

烏は、そこから、しばらくの間、下を横切る僧を見下ろしていた。しかし、急に、何かに愛想をつかしたように首を捻り、再び大空に飛び去った。


（完）

万作の風景と武蔵

万作は、いつもと同じように、寝床から起き天気を確かめた。昨夜の星を見て思った通り、春の清々しい日本晴れである。

「天気が何よりじゃ、ええ天気が宝じゃ」と、今日のような日には、決まって、このように言い、少し嬉しそうな顔をした。

そして、これもまた、いつもと同じように、井戸の水を汲み、顔を洗い、自分の畑でとれたあわやひえなどの雑穀の混じった握り飯を、これもまたいつもと同じように五個作り、薄竹皮で包み、手桶に入れ、もう一つの手桶には、零《こぼ》れるほどいっぱいの井戸水を汲み入れた。

万作が、畑仕事に行く準備をしている頃、万作以外のこの村の人間は子供から歩けないぐらいの年寄りまで、この二、三日は大変な騒ぎをしていた。

それは、今日、もう一時《いっとき》（二時間）ほどすると、万作の畑から道一つ離れた空き地で兵法者の試合が、行われるからであった。一方の兵法者は、その門弟五十人以上の、この辺りでは、聞こえた大道場の当主であり、もう一方は、誰も聞いたことのない若い田舎武芸者らしい。

その道場主側の門弟たちが、決闘場になる空き地に杭を打ち込んだり、縄張りをしたりと村人の手を借りて、この数日、祭り前のような騒ぎをしていた。しかし、やはり、それはいつもの祭りとは違い、その門弟たちの殺気だった気迫が、村人にも感染し、異常な緊張感が、村中を包んでいた。

ただ万作一人は、そんなことは一切関係のないかのように先ほど来の様子で、いつもと全く同じ日常を送っていた。

万作が、自分の畑の前の道に着いた頃には、向かいの空き地には、道場主の門弟をはじめ野次馬や村人で、黒山の人だかりになっていた。

今しがた、その道場主が到着したらしく、門弟たちは、その道場主の身の回りの世話をする者、水の準備をする者、見物人が入ってこないように縄を引く者など慌ただしく働いていた。

万作は、ちらりとそちらの方を見ただけで、いつもと同じ道から早足で自分の畑へ駆け下り、畑の一番端の小高い所に生えている大きな柿木の下のいつもと同じ所に、家から運んできた水と握り飯が入った手桶二つを、藁で自分が編んだ筵《むしろ》の上に無造作に置いた。そして、柿木と並ぶように海に向かい直立し、老人にとって日常の一番大事なことをした。それは、その眼下に広がる風景を見ることである。

そこには、緑美しい段々畑や田を、様々な艶やかな色の果実が、それらを包み込み、絶妙な調和をなし、その向こうには、紺碧の大海原があった。

その風景を嬉しそうに、しばらく見て、「ほんに、ええ天気じゃー」と、いつもの決まり文句を一言言うと、よいこらさっと野良仕事に取りかかった。

万作が、畑仕事に取りかかり、間もなくして、突然、横のあぜ道から、「万作爺、万作爺、どっちにしたんじゃ」と、聞き覚えのある声がした。万作の幼なじみの余一であった。

「なんじゃて、誰じゃ、余一か」

「そうじゃ、どっちにしたんじゃ」と、またさっきと同じことを繰り返した。

「どっちて、何がじゃ」と、やっと顔を上げて、手を休め、万作が問い返した。

「何がじゃて、決まっとるじゃろう、今日の果たし合いじゃ。どっちにおぬし、賭けた」

「どっちにも賭けとらん」と、万作は無愛想に言った。

余一は、あきれた顔で、「なんじゃ賭けとらんのか、つまらんのう。おぬし気にならんのか。道一つ向こうで、やるんじゃぞ」と言った。

万作は、ただ「ならん」と一言言っただけで、また畑仕事に熱中した。

余一は、つれない幼なじみの横顔を見つめ、「おぬし、戦で子が死んでから何にもおもしろがらんようになったの。そんなんじゃぁ、はよう呆けるぞ」と言い置いて、行ってしまった。

万作と余一が、そんな話をしてから、もうかれこれ一時以上が経った。

決闘場では、約束の刻限になっても、若い田舎武芸者が、まだ現れないらしく、野次馬が、

「まだ、来んのか」

「こわぁなって（怖くなって）、逃げよったんじゃ」

などと、万作の耳にも聞こえるほどの罵声を上げていた。それでも万作は、それらを全く、気に掛ける風でもなく、淡々と毎日、何度抜いても生えてくる雑草を今日も抜いていた。そして、時々腰を伸ばしては、眼下の風景を見て、嬉しそうな顔をした。

それから、さらに半時ほどが経ち、「さぁ、ぼちぼち、めしにするか」と万作が、独り言を言ったとき、道の向こうの決闘場所から「おおっ……」と、大きな多数のう

なり声が聞こえ、すぐ後ろから、数人の「逃げた、逃がすな、逃がすな」と殺気立った声が響き渡った。しばらくして、血相を変えた門弟達が、「どこに、逃げた」などと口走り、刀を抜いたまま走っている。

そして、今度は、少し離れたところから、「この道を真っ直ぐに、大通りに逃げたらしいぞ」という大きな声が聞こえ、「そうか、追え」と何十人もの門弟が、それに向け、駆けて行った。

万作は、手桶が置いてある柿木の根方《ねかた》に座り、そんな騒ぎは、関係ないというように、風景を見ながら握り飯を食っていた。

もうその頃には、決闘場の黒山の人だかりも、疎らになり、どちらが、勝つか、賭をしていた百姓や野次馬は、万作の畑の前の道を「あっけなかったな」とか、「賭に負けた」とか「勝った」とか、言いながら帰るのであった。

勝負は、一瞬で決着がついた。なかなか来ない田舎武芸者に、道場主は、腹を立てて、喉に異常な渇きを覚え、弟子から手渡された杓子でゴクゴクと水を飲んでいるとき、野次馬の中から急に現れ出た田舎武芸者に一太刀で、倒された。

あっと言う間の出来事で、道場主の門弟たちが、抜刀する暇もなかった。そして、勝者は、疾風のごとく、決闘場から、逃げ去った。

今も門弟たちは、血眼になって、田舎武芸者を探しているが未だに見つかっていない。


万作は腹がいっぱいになり、いつものように柿木の下で昼寝をしていた。気持ちよさそうに空を仰ぎ、大の字になっていた。春の優しい風が頬を撫で、万作は目を瞑ったり、開いたり、薄目で空を見たりの、眠るか、眠らないかの間にいた。

するとその時、柿木の下の方のあぜ道から、若い小汚い疲れた着物の武士が急に現れた。

そして、「ご老人、少しばかり水をくださらぬか」と万作に尋ねた。万作は、意外なところから現れた若い武士に驚きもせず、横になったまま、「そこの手桶に、水が入ってござる。いくらでも飲みなされ」と眠そうな、怠そうな、しかし、子供に言うような年配らしい口調で、そう言った。

若い武士は、「かたじけない」と一言言ってから、よほど喉が乾いていたのか、手桶の水を杓子で、一杯、二杯、三杯と、その半分ほどを飲み干した。

万作は、まだ、横になったまま、「竹皮の中の握り飯も食べなされ」と、さっきのような口調で言った。若い武士が竹皮の中を見ると、雑穀の入った真っ白でない大きな握り飯が二つ入っていた。

若い武士は、何か色々言おうとしたが、結局、また「かたじけない、いただき申す」とだけ言い、あっと言う間に、その握り飯二つを飲み込んだ。

若い武士は、水と食べ物を口にし、急に眠くなったらしく、万作の少し下の柿木の二本の根が剥き出ている間に、横になろうとして、

「ご老人、わしも少し、ここで横になってもよろしいか」と問いかけると、

「あんたが、ええと思うまで、ずっと寝なされ」と藁で編んだ筵を若い武士に渡した。

若い武士はそれを受け取り、腰に差していた刀を抜き、それを抱くようにして、老人から渡された筵を身体の上にした。

しかし、そうしていても、若い武士は、まだかなり緊張しているようで、微かな物音や鳥の飛んでいる影に、そのたびに上半身を起こし、安全なものかどうか、慎重に確かめた。

一方、万作は、突然現れ隣に寝ている若い武士のことなど忘れたかのように、浅い気持ちのよい眠りについていた。

若い武士も、万作のそのような態度に安心したのか、少しうとうとし出した。しかし五、六匹の蜂が、万作と若い武士との間で舞いだしたとき、若い武士が、手で追い払おうとした。その時、万作が「放っておきなされ、何もせんなら、刺しもうさん」と言った。若い武士は、何かそれが教訓めいた言葉のように思い、正座し老人の次の言葉を待った。

しかし、それは、若い武士の考えすぎで、いくら待っても、老人は、次の言葉を発しなかった。見ると老人は、少し、涎を流して子供のように寝ていた。

若い武士は、再び横になりながら、隣にいる不思議な老人のことを考えた。どこの誰だかわからないこの自分が、急に現れても驚きもせず、以前からの知り合いのように水と食い物を与え、その自分が横に寝ても、不審がらず、何も質問せず、何ごともないように鼾《いびき》をたてて眠っている。あの受け答えから、惚けているとも思えない。よほど悟った老人だろうか、などと考えた。

しかし、若い武士には、先ほどから、それ以上に感心したことがあった。それは、この柿木の生えている所から見る風景の美しさである。

剣の修行であちらこちらと旅をして歩き、色々な風景に出合うが、これほど単純で美しい風景は、今まで見たことがない。それに今日の、穏やかに波うつ濃紺の海に比べ、雲一つ無い薄い透き通るような青の空。何か、苦しい剣の修行をしていることが、馬鹿馬鹿しくなるような風景である。

若い武士は、しばらくその風景を眺め、そうかと小さく呟いた。

この老人は、来る日も来る日も、毎日こうして、この風景を見ているのだろう。だから、ああなのか。と少し、変わった老人の心が、分かった気がした。

それから、半時（一時間）ほどが過ぎ、若い武士は、まだ横になっている万作に、「ご老人、色々と世話になりもうした。もう行かねばなりませぬ。かたじけのうござった」と深々と頭を下げた。

しかし、万作は、黙っていた。が、若い武士が、道に上がろうとして、勢いをつけ、大きく飛ぼうとした。しかし、天気で乾いた土に足を滑らし、両手を地面に着けた。

その時、万作は、「急がなくても、まだ、日は高うござる。わしの息子は、早よう出世して、わしを楽にさせてやると言い残し、関ヶ原であっけなく死にもうした。慌てず、気をつけて行きなされ」と、上半身を起こし、初めて若い武士の顔を見て、心配そうに言った。若い武士は、「分かりもうした」と、また、深く頭を下げ一礼した。

若い武士、武蔵は、次第に柿木から遠ざかって行った。

そして、心の中で、今日の試合は、間違いなく俺が勝った。しかし、その勝利より、あの柿木の下から見る風景は、その勝利より勝っていた。それをあの老人は、知っている。

あの老人は、こういう兵法の修行をしていると、よくナマ悟りの僧が、自分の袈裟を押しつけてくるような説教をするのと違い、あの風景そのもの、いや、自然と自分そのもので、俺に足らないものを教えてくれた。

俺もいつの日か、あの老人の風景に劣らぬ勝負をしたいものだ。と、兵法者にしては、多感すぎるこの若者は呟いた。

（完）

真実の剣士

「よいですか、正一郎、もう一度、まいりますよ」と、一際《ひときわ》高い柿木の中ほどの枝から、声がかかった。

正一郎と呼ばれた二十歳の若者は、乱れた呼吸を整え、「はい、母上。お願い致します。もう一回だけ、やってみます」と、枝に腰をかけ、背中に籠を背負った五十歳ほどの母親を仰ぎ、そう答えた。

木の上の母親は、背中の籠に手を入れその中に入っている落ち葉の数を数え始めた。そして、ちょうど、五十枚の落ち葉を両手に持つと、「いきますよ。今度こそ、全ての葉を切るのですよ」と、息子の顔を見ながら、そう言った。下の息子は、黙って頷いた。

母親は、両手に持った落ち葉の束を力いっぱい、大空に向け投げはなった。息子は、鯉口を切り、少し膝を落とし構えた。落ち葉が、ゆらゆらと、大きな雪の塊のように頭上から、落ちてくるのを凝視した。落ち葉は、回転しているものや風に流されるもの、ゆっくりと落ちてくるもの、一直線に早く落ちてくるものなど、色々である。葉の種類が、一様でないからである。

息子は、その中の一番早い葉が、頭上、約三尺に達しようとしたとき、素早く抜刀し、それを真っ二つに切り裂いたと思うと、落下する落ち葉を次々と、切り落としていった。落ち葉は、突如の風にあおられ、あらゆる方向に飛んでゆく。それを剣を上から、横から、下から、様々な角度から繰り出し、一枚あるいは、二、三枚を共々切ったかと思うと、すぐに素早く体を移動させ、次から次に葉を切っていった。そして、とうとう、最後の一枚の葉が、自分の居場所から、二間先の地面に着こうとしていた。

息子は、その方に向かって、素早く飛んだ。そして、葉の先が地面に着こうとした瞬間、剣を横に払いそれを切った。しかし、それより一瞬早く、葉の先は地面に着いていた。

息子は、「駄目だ」と言い、大きな息を肩でし出した。そして、「あと一枚が、どうしても切れない。何度やっても」と言いながら、刀を鞘に収めた。

それを固唾をのんで見守っていた木の上の母は、「本当に、もう少しでしたね。剣を横に払わず、突いていたら、間に合ったかもしれません。その咄嗟の判断ですよ。正一郎」と言いながら、柿木に立てかけた長い竹梯子を下りようとした。

息子は、額から大きな汗を流しながら、「そうかもしれません。父上は、五十枚、全て切ったのに、私が切れないのは、私に足らないところがあるのでしょう。それを見つけなくてはいけません。そうしないと、私は、いつまでも父を越えられない、いや、並ぶことすらできないのです」と、最後に切った葉を見ながら、そう言った。

木から降りてきた母親は、「一度、武者修行に出なさい。そうすれば、それが、何なのか、分かるかもしれません」そう言って、息子の顔を見た。

息子は、「しかし、母上一人をおいて、武者修行に出ることは、できません。田仕事もありますし。それに、やはりお体のことなど心配です」と、まだ俯きながら、そう答えた。

母親は、その息子の顔を下から、覗き込むように、「何を言っているのです。私なら、一人で大丈夫です。私は医者の娘でしたから、医術の心得もあります。病気に罹っても自分で薬草を飲んで治します。それに体力も人以上に強く生んでもらっていますから、田仕事も心配ありません。出なさい、武者修行に。それとも、あなたこそ、一人で修行に出るのが心細いのですか」と、少し口元に笑いをつくり、そう言った。

息子は、その言葉を心外に思ったのか、少々憮然として、母親の目を見つめ、「まさか、心細くなどありません。では、武者修行に出ます」と言った。それから二人は、夕食のしたくの火の足しにするために、練習に使った落ち葉を拾い集め、籠に入れ、息子がそれを背負い、家路についた。真っ赤な夕焼けの日であった。


猫足の膳に並べられた質素な夕食をとりながら、母と息子は会話を始めた。

まず、母親が、「あなたが、まだ生まれて間もない頃は、あなたのお爺様が、町道場の当主でいらして、門弟と言いましょうか、剣を習いたいという人が、何百人も道場に来て、商いをしているような言い方ですが、大層繁盛していました。

道場には、大店《おおだな》の番頭をやっている方や駕籠かき、大工、簪《かんざし》職人さんまで、本当に色々な職の方が来ていらっしゃいました。道場の中は、まるで混んだ湯屋のようでした。その中で、いつも大汗をかいて、師範代として教えていらっしゃったのが、あなたのお父様です。お父様は、剣など握ったことのない先ほどのような方達に、嫌な顔一つせず、丁寧に親切に教えてあげたのです。それに、お話もお上手で、稽古の間の休憩のときにも、お弟子さんやら、近所の方がたくさん道場にいらして、お父様とお話をするのを楽しみにしていらっしゃったのです。その時も、いつも笑顔で、やさしく楽しくお話をされていました。だから、あれほどに道場が流行ったのです。そのような人ですから、町の役も色々と頼まれてやっていらっしゃいました。それは、もう数え切れないくらい。お父様は、一言で言うと、人気《にんき》といってはいけませんね、そう人望が、あったのです。

人付き合いも、剣以上に達人だったのです。私が思うには、あなたには、その人付き合いや、人とのふれあいが足らないように思います。それが、五十枚切るに足らない理由だと、私は思います。それは、あなたが悪いのではありません。お父様が、人の借金返済の肩代わりをさせられて、道場を手放し、この、人気《ひとけ》のない山里に越さざるをえなかったのですから。そして、すぐにお爺様が、ここに来てから亡くなられ、その一回忌が済んだら、次はお父様が、突然、流行病で亡くなられて、それからは、私と二人きりで、暮らしてきたのですから、あなたには何の責任もありません。だからこそ、今、母はあなたに武者修行に出てもらいたいのです。修行の旅に出れば、色々なことを体験して、様々な人に巡り会いましょう、そうすれば、あなたに足りないものが、身に付くはずです。それが、ひいては剣の上達にも繋がると、私は思うのです」と、息子の瞳を見ながら、一気に話した。

（しかし、道場が繁盛した本当の理由は、母親が息子に語りかけた理由だけではなかった。正一郎の父は総助といい、母親が説明した落ち葉切りの剣の腕と、人間性の、人柄の良さで、あるいは話上手だけで、人から愛されたわけではなく、むしろその役者顔が、人気の秘密であった。それに加え、着る衣装を、本物の歌舞伎役者顔負けの伊達な着こなしをするのである。すなわち、彼は下町の歌舞伎役者であった。そこへもって、そこそこに剣の腕がある。何度か、ヤクザ者にからまれた娘を助けたり、掏摸《すり》をつかまえたりした。極めつきは、長年、敵《かたき》を捜し求めてきた労咳の年寄り武士の助太刀をし、相手方の助太刀、三人を峰打ちで気絶させ、老武士を助け、見事、敵の首をとり、本懐を遂げさせた。それが、人気の始まりであった。彼は、歌舞伎役者のような、派手な出で立ちで、道場で剣を教えていた。皆、競って彼の真似をしようと、彼の親の営む道場に通ったのである。あとは、母親が息子に語ったように、仲の良い友人の博打の借金の肩代わりをし、道場を人に取られた。お人好しの世間知らずであった。その父の道場主は、無骨だが、昔、将軍家指南役と試合をし、引き分けた、なかなかの剣の達人であったが、もう、その頃は、惚《ぼ》けていた）

真面目な息子は、母親の話を聞き、ただ「分かりました。武者修行の旅に出ましょう」と、笑顔で母に答えた。

それから数日して、息子は武者修行の旅に出た。母は、息子の姿が、米粒くらいになるまで、街道で見送った。

母との別れに際し、正一郎はやはり母一人をこの山里に残しておくのは、随分不安であった。

正一郎の顔に、憂いの皺が出来た。

正一郎は、丸一日、武者修行の旅では、いったい、何をすればよいのか、ということばかりを考えていた。各地の名高い道場を訪ね、剣の教授をうける。それぐらいは、考えつくが、しかし、それでは剣の修行だけのことである。

母が言う、「人と接することで、人間的に成長し、それが、ひいては剣の上達にも繋がる」ということなら、剣の道場だけを訪ね歩くだけでは、足らないような気がする。どうすればよいのか。誰に会えばよいのか。それればかりを考えていると、もう、日が暮れかかっている。

街道沿いの旅籠《はたご》の行灯に明かりが付き始め、客引きが、しきりに旅人に声をかけ始めた。正一郎にも、「お若い旦那、泊まっておくんなさいな」と、声をかけ、袖を引いた年の頃は、二十五、六の女がいた。

正一郎は、言われるままに、その女の宿に入ってしまった。女は、あまりにも、すんなり、正一郎が、自分についてきたので、少し怪しみ、

「旦那、おあしは、宿代は、大丈夫ですよね。お金持っていらっしゃいますよね」と、

失礼なことを聞いたが、正一郎は、それを不快にも思わず、

「ええ、持っていますよ。宿代ぐらい」と答えた。女は安心し、大声で、

「お一人、若い御武家さんが、お泊まりです」と言い、正一郎の足を洗った。そして、部屋に案内した。

「今日は、旅のお客が、少ないので、相部屋でなく、狭いですが、この部屋は、旦那だけのお部屋です。さぁ、お食事を持ってくるまで、お湯にお入りになってくださいい」と言い、正一郎に浴衣を渡した。正一郎は、言われるまま、刀と旅の必需品や路銀が入っているものを無造作に折り畳まれた旅の着物の上に置き、渡された浴衣に着替え、湯場に向かった。

まだ、頻りに武者修行の旅では、何をすべきかを考えている。湯に入っても、食事の時も、それを考え、とうとう考え疲れて眠りについた。夢では、木の上から、落ち葉を落とす母親の真剣で、心配そうな顔を見て、「何とか、頑張ります」と寝言で、答えた。

翌朝、宿代を払おうと、財布を開けると、全ての路銀が無くなっていた。湯に入っ

たときか、寝ている間に盗られたらしい。宿の人間は、「初めから、持っていなかったんじゃないだろうね」と、正一郎をなじった。とにかく、番屋に行こうと言われ、番屋に連れて行かれた。手形やさまざまな物を調べられた。

役人も、「まぁ、嘘はついていないようだ。どうする宿屋」と宿屋の主人に声をかけた。宿屋の主人は、正一郎を見ながら、「このお方のお家に事情を記した手紙を書いて、宿代を送ってもらいましょうか。母上に」と言った。

その時、初めて、正一郎は、言葉を発した。「いや、それは、困ります。これ以上、母上に迷惑は、かけられません。働いて返します。駄目でしょうか。お願いします。宿屋のご主人殿」と、真剣に丁寧に言った。どうやら、宿屋の主人は、その真摯な態度が、気に入ったようで、「じゃぁ、掃除や風呂焚きをしてもらいますが、よろしいですか」と、言ってくれた。宿屋で、当分働くことに決まった。

朝早くから、夜遅くまで、正一郎は、真面目にこつこつと宿屋の仕事をこなした。初めは、彼を財布を盗まれる間抜けな若造だと、皆、思っていたが、彼の誰にでも威張らず、頭を低くしたその態度が、次第に宿屋の人々に好感を与え、色々と声を掛けてくれる女中や男衆も現れ始めた。

その中でも、一番何かにつけ、正一郎に親切にしてくれるのが、正一郎をこの宿屋に引き入れた女中のおかよであった。まるで、実の弟のように、正一郎の身の回りのことなどを心配し、正一郎もおかよを本当の姉のように「おかよさん、この洗濯物は、どう干したらいいのでしょうか」などと、丁寧な口調で、何でも聞いた。

田舎の山小屋のような家に母親と二人で暮らしていた正一郎には、この宿屋での生活は、目新しいものばかりであった。だから、客の布団の用意や食事の配膳をしたり、客を部屋まで案内して、その客と世間話をして、自分がなぜ、武士の頭で、ここで働いているのかなどの話をするのも、結構、楽しく感じられた。それに、おかよやその他の年の似かよった女中と話をすると胸がときめくことも恥ずかしく思いながらも、やはり楽しくもあった。二十歳の青年である。

そして、そろそろ、宿賃が払えるほどの日数を働いた頃、宿屋の主人や使用人は、「それだけでは、次の旅籠でまた、金に困るだろう。もう少し、路銀を作ったらどうだい。うちは、あんたさえ、よければ、いつまででもいてくれてもいいんだよ」

「そうしなよ、正さん」

などと言ってくれたので、正一郎も、宿屋の仕事や人間関係も大事な修行であるので、もう少しここで働こうと決めた。

そんな時であった。夜中の丑三つ時（午前二時頃）に、隣の油屋から、悲鳴が聞こえた。正一郎は、剣を持つと、隣との塀を乗り越え、油屋の庭におりた。賊は三人。主人を刀で脅し、金の在処を聞いている。「庭に、金の入った瓶がある」と言う、主人の声が聞こえ、主人と賊の一人が、庭の階段を降りかかったとき、足を滑らせた主人が階段から転んだ。賊との距離が出来た。それを正一郎は、見逃すわけがなかった。賊めがけて、突進し、峰打ちで、賊の肩を打ち、残りの二人もあっと言う間に戦闘不可能にした。

それから、少しして、正一郎のいる宿屋から、隣の油屋の異変を聞いて、同心や役人が御用の提灯を持ち、多数駆けつけた。昼間のような明るさになった。正一郎が、照らされたとき、隣の宿屋の二階から、「やったな、正さん。見事だ」とか、「さすが、剣の修行をするだけのことはある。かっこいいぜ」などと声がかかった。おかよも「正さん、大丈夫？　怪我しなかった？」と、心配そうにそう言った。
正一郎は、「ハイ、大丈夫です」とぽつりと答え、宿屋の皆に向かい一礼した。正一郎は、目を細めている。たくさんの光がまぶしいらしい。しかし、今回の件は、自分でも、やはり、嬉しかったとみえて、顔に喜びの皺が増えていた。

命を助けられた油屋の主人は、正一郎に一、二年の武者修行には、十分すぎる金子を渡した。正一郎は、「このように沢山の金子は、受け取れません」と、初め断ったが、油屋は、「路銀に余れば、お母様におみやげでもお買いになってください」と言われ、それを受け取った。旅立つことを決めた。おかよや宿屋の皆とは、辛い別れであった。初めて、胸に熱いものが、こみあげ、息苦しくなった。しかし、正一郎は、(これも、ひいては、剣の足しになるはずだ)と信じようとした。だが、その別れは、若者の顔に新たな悲しみの皺をつくっていた。

世話になった宿屋を旅立ってから、ほぼ、一日が、経とうとしていた。次第に道が険しくなり、天候も悪くなってきた。それに黄昏が迫っていた。次の宿場には、まだ、随分とある。（この天候では、野宿もできない。ずっと夜どおし歩こうか）などと、考えていたとき、合羽を着た老人が、杉木立から突如、現れた。笠を頭から外し、「御武家さま。どうか、私のお頼みを聞いていただけないでしょうか」と、いきなり頼み込んだ。余りにも唐突なので、さすがに正一郎も驚いた。大きな目をその老人に向け、「どのような頼み事でしょうか。私に出来ることなら、お手伝いしましょう」と、言った。

老人は、腰を屈め、「うちのばあさんが、咳が十日も止まらず、どんな薬を飲んでも治らず、夜、寝ることも出来ないので、死にたいというのです。私に殺せと言うのですが、私には、そんなことはできません。でも、あれだけ、苦しんでいるのを見ていると、早く楽にしてやりたいと思うのですが、やはり出来ません。ですから、あの杉木立に潜んで、それを頼めるお方を探しておりました。あなたなら、私の頼みを聞いてもらえるような気がいたしましたので、お頼み申し上げました。突然のご無礼をお許しいただき、ばあさんを楽にしてやってくださいませんか」と言うのであった。

正一郎は、それを聞きさらに驚いたが、頼み込む老人を哀れに思い、「一度、そのおばあさんのご様子を見てみましょう。家は、どこですか。近くですか」と言った。

老人は、喜び、「ありがとうございます。家は、その小道を入ったところです。どうぞ、お願いします」と言い、さらに腰を曲げ、礼を言った。

正一郎は、老人の後を付いて、街道から、細い間道に入っていった。四半時もせぬうちに、小さな藁葺きの山小屋が、目に入った。老人は、「あれで、ございます」と言った。コンコンという、咳が、聞こえた。小屋に入ると少しの油が、むきだしで燃やされているだけで、薄暗かった。薄い布団に寝ている老婆は、苦しそうに咳をしている。

正一郎は、「どんな薬草を飲んだのですか。私の母は、医者の娘で、私は、その母から簡単な医術を教わり、少しは、薬の知識は、あります。何か良い方法を考えてみましょう。では、まず、脈をとりましょう」と言い、老婆の寝ている布団を捲り、腕を差し伸べた。その時、老婆は、突如、目を剥いた。そして、その正一郎の腕を両手で恐ろしい力で掴み、「お爺、さぁ、今じゃ。後ろから、刺せ」と叫んだ。

老人は、懐から、短剣をとりだし、正一郎の脇腹を狙い突き刺した。が、正一郎は、老婆に捕まれた腕を軸に反対側に身をかわした。老人の短剣は、老婆の背中を突いていた。「うっ」という老婆の低い叫びが、聞こえた。老人は、狼狽して、後ろにひっくり返った。

正一郎は、老婆の背中に突き刺さった短剣を抜き、老人の襟を掴み、「どういうことだ」と睨みつけた。老人は、観念したのか、体をぐったりとさせ、大きな息をついて、

「どうも、こうも、あんたを殺して懐の金をもらうつもりだった。それだけだ。あんたが、たんまり金を持っているのは、麓の茶屋で代金を払うとき見た。あれだけあれば、わしらは二、三年生きていける」と、言った。

正一郎は、老婆の傷の手当を施し、持っている金の半分を老人に渡した。金を手渡された老人は、「馬鹿野郎、哀れむな」と言ったが、金を懐にねじ込んで、顔をそらした。

夜道を正一郎は、歩いていく。顔の怒りの皺が、深くなっていた。

正一郎が、武者修行というより、社会修行の旅に出てから、半年を数えた頃、神社の境内で、ヤクザものに絡まれていた十七、八の娘を助けた。その晩、正一郎の宿に十人ほどのヤクザが押しかけた。宿の者も、宿泊客も、今日の神社の事件のことは、聞いているので、そのお礼参りにヤクザが来たのだと、皆一様にそう思った。

しかし、それは、大間違いで、その中の重蔵という親分が言うには、今日の神社の一件は、こちらの子分が悪い、詫びをいれたい。それと正一郎のその腕を見込んで、頼み事があるのだと言う。対応した宿屋の主人が、そう、正一郎に報告をした。正一郎は、それを快諾した。

まず、重蔵は、今日、悪さをした子分に詫びのため、指を詰めさすなどと言ったが、正一郎は、「それをするなら、頼み事は、受けません。すまなかったと、言ってくれるだけでいいのですよ。いいえ、もう反省しているなら、謝らなくてもいいです」と言ったため、悪さをした子分三人が、ぺこりと頭をさげ、「すいませんでした」と、言ったとき、親分が、三人の頭を良い音がするほど、殴っただけですんだ。

「頼み事とは、どのようなことでしょう」と、正一郎が、きりだすと、親分は、「親の代からの敵《かたき》の半蔵組に娘を掠《さら》われました。相手には、腕利きの用心棒がいてどうにもならない。なんとか、そいつを斬ってほしいのです」と言った。腕利きの用心棒、という言葉に正一郎の目が光った。

この旅では、剣の素人相手の人助けなどのようなことばかりしてきた。そういうことが、ひいては本来の剣の上達に繋がるということでやってきたが、それが、本当にそうなのか、その腕利きの用心棒で、試したくなった。「やりましょう」と、その件を引き受けた。

重蔵が、腕利きの用心棒さえ斬ってもらえれば、あとは、自分たちでなんとか出来るというので、正一郎は、その用心棒に決闘状を書いた。それを重蔵の子分に、半蔵組にいる用心棒に渡すよう言い付けた。時刻は、明日の朝、日の出とともに、場所は、荒れ寺の前とした。重蔵は、正一郎には内緒に、相手が必ず試合に応じるよう、双方百両を自分たちの用心棒に賭けるという賭け試合にしようと、半蔵組に持ちかけた。

試合は実現された。相手は、腕利きと言われるだけあって、強力《ごうりき》であった。しかし、その剣には、緻密さと正確さがなく、正一郎の相手ではなかった。あっと言う間に相手の胴を正一郎は、打ち抜いた。

「旦那、ご苦労様でした。後は、自分たちで娘を助け出します」と、重蔵が言い、相手の組に向かった。

二時ほどすると、重蔵が、若い娘を連れて正一郎の泊まっている宿屋に来た。重蔵は、「先生、ありがとうございました。この通り、娘を助け出しました。これは、お礼の五十両でございます。受け取っておくんなさい」と言い、小判の束を正一郎の前に置いた。そして、

「さぁ、小菊、お礼を言うんだ」と、娘を座らせ睨み付けた。

娘は、座るなり「なぜ、よけいなことをしたのです。私は、あなたが殺した用心棒の伸吾さまが好きで、自分から、半蔵のもとにまいりましたの。それをあなたは、あなたは、私の敵です。でも、この女の私に何ができましょう。私も殺してくださいまし」と叫んだ。正一郎は、唖然とした。重蔵は、「何を馬鹿を言いやがる。先生すい

ません」と言いながら、娘を外に連れ出した。正一郎は、五十両を畳の上に置いたまま宿をあとにした。よく事情を知りもせず、頼み事を受けた自分を恥じた。苦虫を噛みつぶしたような気持ちになった。迷いを示す皺が、額に表れた。

それからも、様々なことを経験した正一郎は、母の待つ山里に帰還した。

「母上、ただ今帰りました。ではさっそく、お願いします」と、一年半ぶりに見た母に言った。母親は、正一郎の見るところ、そう、変化は、なさそうであった。母は、正一郎を見て、内心驚いた。顔つきが、随分と変わっていたからである。何というのか、前が薄ぼんやりした感じの顔であったのが、はっきりした感じに変わったように思えた。早速、二人は、落ち葉切りの稽古場である柿木を目指した。母は、その途中、（あの顔の変わりようなら、随分と苦労をしたのだろう、きっと、全部の落ち葉を切れる）と思った。

「では、お願いします」と正一郎は、木の上の母に言った。母親は、いつものように、力一杯、大空に向かい両手に持った五十枚の落ち葉を投げはなった。落ちてくる落ち葉を、次々と正一郎は切った。

木の上の母は、(やはり、上達している)と思った。あと、二枚となった。その一枚が地上に落ちようとしたとき、その落ち葉の前をネズミが横切った。正一郎は、もろとも切るか、切らぬか一瞬迷って、切らなかった。以前ならば、何度もこういうとき、何の躊躇いもなく切っていた。もう一枚を切るため、体を反転させたが、最後の一枚はすでに地上に着いていた。

ここで、正一郎や彼の母が、知らない事実を読者にお伝えしておこう。

歌舞伎役者のような正一郎の父は、紙で作った大きな落ち葉に色を着け、それを弟子に枝から落とさせていた。それを五十枚切ったのである。正一郎が、切っている本物の落ち葉なら、半分も切れればいいところであったであろう。彼の父は、その紙製の色染めされた大きな落ち葉をガマの油売りのように見せ物の芸にしていたのである。下町の歌舞伎役者のような剣士のやることである。

正一郎は、剣を持ったまま仰向けになった。何かよく分からないが、長閑《のどか》な気分である。

先ほど、切らずにおいたネズミが、正一郎の目の前を飛んで横切り、木立へと、消えていった。

正一郎の目尻の皺が、また一本増えた。


（完）

魔　人

「米蔵、もう、この辺までくれば大丈夫だろう。それに、こんなほっかぶりをして、いつまでも走ってるほうが、よけい怪しまれる。頭のものをとって、朝帰りの酔っ払いみていに歩くんだ」と、先に走る男が息を切らせながら、そのすぐ後ろを走る元服をしてまだ間もないであろう若い男に、額の上の手拭いの端を摘まんで、振り向きざまにそう言った。若い男は、何も言わず相手の目を見て、コクリと頷いた。

二人は、顔を隠していたものを取り、それを懐にしまいながら、徐々に走るのを止め、時々、後ろを気にしている様子で、左右に身体を揺らせ、酔漢を装った。

それから、声を発した男が、懐から小筒《ささえ》を取り出し、それの栓を抜き、勢いよく、中の液体の半分ほどを飲み、「あー」という小さな声を息とともに吐き出した。中身はもちろん、用意しておいた酒である。

そして、横を歩く若者に「飲みな、酒臭くねぇとおかしいだろ」と言い、その小筒を差し向けた。

若者は、やはり何も言わず、それを受け取り一気に残りの酒を飲み干し、それを懐に入れた。

二人は、暫くそうした体《てい》で歩行を続けた。

そして、自分たちが、今歩いている街道が、右に大きく迂回しようとした時、その曲がり角をそのとおりには進まず、直進して街道から外れ、小さな間道に入った。

両側にススキが、密集するその道を早足で四半時（三十分）ほど歩き、やがて大川の広い河原に出た。

そして、この辺りの漁師が放置したのであろう、底板が割れ、使い物にならない船の残骸に、前もって隠しておいた竹竿《たけざお》と魚籠《びく》を取り出すと、二人は暗闇の中を、ほんの少しの月明かりと川のせせらぎを頼りに歩いた。ゴロゴロした石に足を取られないように気を配りながら、なるべく音を立てないようにして、川の流れのすぐ近くまで足早に歩き、そこで適当な足場を見つけ立ち止まった。

そして、無言のまま、しかし、かなり急いだ様子で、魚籠の中の小さな竹で編んだ餌籠から、何かの幼虫を取り出し、それを素早く、釣り針に付け、川面に向かってほとんど同時に竿を垂れ、明け前の釣り人と化した。

そうすると、今まで無言だった若者が、初めて言葉を発した。

「種蔵さん、うまい具合に俺達以外に誰もいないようだな」と、小さいがよく通る声で、隣の連れに話しかけた。

顔の色艶からすると、全ての髪の毛が、不自然なほど真っ白な初老の男は、どうやら、若者のその声が気に入らなかったらしく、

「米蔵、もう少し近くに来い」と、こちらは、年季の入った低いしわがれ声を発した。

若者は言われたとおり、大股に二歩、老人に近づいた。

老人は、その若者のどこか呑気そうな顔を見て、少し苛立った様子で、

「おめいの声は、俺達の商売に向いていねぇ。だから、今日の仕事の前にも、必要な時いげぇい声を出すなと、言っておいたんだ。まぁ生まれつきのものだから仕様がねぇがな。あと、半時もすれば、夜が明ける。そしたら、ぼちぼち帰るとしようぜ。長

屋に帰りゃぁ、すぐに銭を分けてやるから、それで、安酒を鱈腹食らって喉を潰しな。そうすりゃ、もちょっとまっしな声になるだろうぜ」と言い、一息つき、

「今回はよ、金は、からっきし駄目だったが、これが手に入ったんで、まぁいいとしようぜ。黄金の珍しいお宝だ。唐天竺の品でもなさそうだが、善吉（盗品売り捌き人）に売っぱらえば、相当なもんだぜ。手に入れた金は、約束通り、五分五分の山分けだ」と早口で言った。竿の先を見つめ、それを黙って聞いていた若者はほんの聞き取れるか、取れないか、分からないぐらいの小さな声で、

「本当に半分、くれるんですかい」と、ポツリと言った。すると、老人は、すかさず、

「心配するねぇ、俺は、これでも仕事内じゃぁ、律義者で通っている。分け前を誤魔化したりは、しねぇ」と言い、若者の肩を叩いた。

若者は、僅かに口元に笑いを浮かべ「疑っちゃいませんが、俺の取り分が、多いように思ったんで……」と、老人に向かい微かな小声で言った。

その時である。

「えっ、まさか、脅かすない」と、老人は、急に大声を出した。

若者も、その声につられて「どうしたんだい、種蔵さん。驚くじゃぁねえか」と、先ほど、老人に嫌がられた声で、それに応じた。

老人は、「しっ、」と、唇に、皮がだぶつき、肉の薄い年寄り特有の節くれ立った人差し指を立て、元の小さな声で、

「いや……。懐のコイツが今、少し動いたように思ったんだ」と、独り言のように呟いた。

老人の額から脂汗が吹き出ている。それを手の甲でゆっくりと拭い去り、急にぎこちない笑いを口元につくり、

「まさか、そんなはずはねぇ、俺の気のせいだ」と、若者の顔をちらりと見てそう言った。

そして、気を取り直そうと空を見つめた。しかしそこには、濃紺の雲の間からぼんやりと顔を出す、暗い黄色にどす黒い赤みを帯びた、老人が今まで見たことがない気味の悪い三日月が、かかっていた。

それを見て、よけい気が滅入った老人は、一つ大きなため息をついた。そして、

「しかし、なぁ米蔵。俺は、ここへ来るまで、ずっと考えていたんだが……。俺が、殺《や》ったあの男。なんで両足とも膝から下があんなにスパッと見事になかったんだろうな。俺は、奴の掻巻をひっぱがして、それを見たとたん、刀でやられたんだなと、すぐそう思ったんだが、よくよく考えてみりゃ、ありゃぁ変だぜ。俺は、おめいより随分若い時からこの商売だから、仲間で、役人にそんな目にあわされた奴を何人も知っている。手足をバッサリとやられたらな、米蔵。傷が癒える頃にゃぁ、そんな切り口はよ、角の肉が、段々と内側に向かって、丸くなってきて、少し縮み上がるんだ。それで、その真ん中の皮の巻き付いた骨は、少し前に突き出てきたみてぇに見えるんだ。まぁ、どう言うのか、そうだな……。大根の先っぽみたいなもんだ。

しかし、あの足は、すげぇ腕前の奴に切られてすぐみていに、切り口の角がしっかりとあったんだ。それなのに、やられてから随分経っている証拠に傷口が、鑢《やすり》で磨いたように綺麗に治っていて、底がほとんど平らだった。まるで腕のいい大工が、とびきりの鋸《のこぎり》で、桧の丸太を輪切りにした跡みていだった。切られて随分経った人の足は、あんなにゃぁ絶対ならねぇ。いくら考えても腑に落ちねぇんだ」と言い、老人は、再び吹き出してきた額の汗を、手で勇ましげに拭き払った。

しかし、その顔面は蒼白となり、膝は激しく震えて止まらない。

その時である。老人は、懐のものを怪しげな動物のように、両手で、投げ出した。「うぇー」という、叫び声とともに。そして、ゴロゴロした石が敷き詰まった川岸に尻餅をついた。

「どうしたんだい、種蔵さん」と、若い男が、老人の嫌がる例の声で、座り込んで震えている老人に向かって、言葉を発した。

老人は、一間ほど、向こうに投げ飛ばした黄金の舟形をした物体、すなわち、昨晩、人をあやめて、奪ってきた代物《しろもの》を顎をガクガクさせて、じっと凝視している。そして、おもむろに、右手で、それを指差し、「う、う、う、動きやがったんだ。あいつが」と、息のやたらと多い言葉を発した。「何か、あの中に、鼠か、何かが、入っているじゃないんですかい。種蔵さん」と、今度は、少し、大きめの声で、若者が老人に問いかけた。

老人は、ぎこちなく首を左右に振り、「いや、押入に隠してあった、あいつの蓋を

開けてみたが、何にも入っちゃいなかった」と言ったが、まだ、それから、目を離そうとしない。そして、

「さっき、あいつ自身が、釣り上げた魚みたいに懐で、ばたばたしやがったんだ」と、恐怖と驚きで心、肺臓が、高進しているのだろう、大きく胸を上下させて、そう、苦しそうに言った。その、老人の余りに怯えた様子を見た若者は、

「そんな、馬鹿な。さっきの酒で悪酔いしたんじゃないのかい。種蔵さん」と全く普段と変わらぬ声でそう言い、年寄りの顔を覗き込んだ。

老人は、「そうじゃ、ねぇ」と苦しそうにまた答え、まだ、相変わらず、それから、目を離さずに、「じゃあ、おめぇ、あいつを拾って手に持ってみろ」と、一瞬、若者の顔を見て、早口で言った。

そう言われた若者は、「気のせいに決まってますよ。悪酔いだ」と言いながら、種蔵が言う、あいつに近づいた。

そして、その物の、上に向いた把っ手の部分に中指を掛け、空に跳ね上げた。それは、若者の顔の前を回転しながら、通過し、頭上、二尺ほどから、落下を始め、若者

の待ち受けていた両手に落ちた。

若者は、それを両手で、老人に差し出すように持ち上げ、「ほら、何でもないじゃありませんか」と言いながら、笑顔を見せた。そして、それを目の前に近づけ、月の光を反射させ、しげしげと眺めた。呟くように「変わった形だな。横から見ると、下が平らな北前船みたいだな。何に使うんだろう。急須か、水入れか」と言いながら、さらに顔に近づけた。そうすると今まで嗅いだことのない油のような臭いが仄かにした。

「油入れか、行灯《あんどん》だな。行灯だ。尖った先の方が、少し焦げてやがる。種蔵さん、きっとよその国の行灯ですぜ」と言いながら、それをまた、眺め始めた。蓋の周りの黄金が、ピカピカと光っている。若者は「良い色だ。きっと良い値になるぜ」と言いながら、右手で、その光の輪を擦った。

すると、手の上の若者がいう行灯が、激しく左右に揺れた。若者は、「わぁあ」と叫び、必死に、手を離そうとするが、それは離れない。

それどころか、若者は、行灯に体を回され始めた。自分の体を軸にして、そして、三度、回り終わったとき、行灯の細い注ぎ口から、青黒い煙が、立ち上り、若者の頭上で停滞したかと思うと、それは、突如、大入道と化した。

若者は、驚きのあまり、声を出すことすら出来ず、尻餅をついたままの年寄りの横に同じように、行灯を持ちながらドスンと尻餅をついた。大入道は、若者の顔を見つめている。

若者もその顔に釘付けである。いや、動けない。さらに驚いたことには、大入道の腰から下が急に細くなり、行灯の注ぎ口に繋がっている。

大入道は、顔を若者の鼻に自分の鼻が、当たるほど近づけた。若者は、驚いて仰《の》け反《ぞ》ったが、一見して、この国の人間の顔ではなかった。彫りが深く、眉が濃く、頭には毛が無く、顎《あご》に、鯰《なまず》のような真っ黒な髭を生やしている。目は真ん丸で、若者の三倍ほどの大きさがあるようである。

その目で若者をじっと見つめている。そして、とうとう、大入道は若者に話しかけた。驚くことに、この国の言葉である。

「お前、何をしてほしい。三つだけきいてやる。だが、そのたびにお前の体のどこかを貰う。断ることは出来ない。断れば、命を貰う」

と言ったのである。それを聞いた隣の老人は、泡を吹いて後ろに倒れた。ピクリとも動かない。卒中を起こし、死んだらしい。

一方の、若者は、金縛りにあったように動けない。大入道は、言葉を続けた。

「金が、欲しいか。家が、欲しいか。嫁が、欲しいか。何でもきいてやる。さぁ、言え。その代わり、お前の指か、目玉か、鼻か、口か、髪の毛か、耳か、どこかを貰う。さぁ、言え。断ることは、出来ない。断れば、命を貰う」

と、願いを催促した。

若者は震えながらも、欲が出てきたようである。いや、悪夢のような今の状況では、大入道の言うことを真に捉えるしかなかった。さもなければ、気がおかしくなるか、その横で倒れている老人のように口から泡を出してどうにかなるかしかなかった。

若者は、「か、か、髪の毛でも、いいのかい」と恐る恐る尋ねた。

大入道は、「構わん。何が欲しい、言え」と低い声で答えた。

「ひ、ひ、百両の金をくれ。いや、ちょ、ちょ、ちょっと待ってくれ。髪の毛をむしり取るのか、剃るのか、どちらだい。痛いのは、ご免だ。剃ってくれ」と言うと、大入道は、「剃らない。だが、痛くない」と言った。

若者は、「痛くないたって、どうするんだ」と震えた声で言うと、大入道は、「心配するな。あっと言う間だ」と言い、目を瞑った。そして、何かの呪文を唱え始めた。

若者は、「おい、おい、おめぇ。痛くねえって」と弱々しい涙交じりの声でそう、呟いた。すると、大入道は、呪文を唱えるのを止め、右手の掌を上にし、若者の顔の前に突き出した。その時、一瞬、閃光が走った。若者は目を閉じた。

そして、暫くして、若者が目を開けると、大入道の掌に黒々とした髪の束が、山の形を成し、載っかっていた。自分の頭を触った。髪の毛が無くなり、ツルツルであった。

大入道は、左手を突き出した。そして、掌を上にして、ゆっくりと開いた。小判の小さな山があった。大入道は、若者に「受け取れ」と言った。

若者は、震えながら、両手を伸ばし、その小判の束をすくい上げた。ずっしりと重い。それを懐に流し込み、その中の一枚を取って、月の明かりに照らし見た。そして、それを噛んだ。そして、「ほ、ほ、本物だ」と言い、「はっ、はっ、」と震えながら、笑った。

「さぁ、次は何だ。早く言え」と、大入道は、小判を見て喜んでいる若者に言った。

若者は、手に持っていた小判を懐にしまい込むと、「次も金だ。今度は二百両だ。いや、五百両だ。出来るか」と、初めて、大入道の目を見ていった。

若者は、欲が、恐怖を上回りだしたようだ。大入道は、「簡単だ。では何を、この魔人にお前は、くれる」と言った。

若者は、「おめぇ、魔人っていうのか。じゃぁ、魔人、眉毛をやる、いや、睫毛も付けてやる。どうだ」と魔人の目を覗き込んだ。魔人は、首を横に振った。

「駄目だ。毛は、髪の毛だけだ。他の毛は、駄目だ。それと、ちなみに過去に二度、神と間違われ迷惑したことがある」

「神と間違われ、迷惑しただと、なんの話だ。いや、そりゃ今、どうでもいい。なぜだ。どうして他の毛じゃ駄目なんだ。どこの毛でもいいだろう」と、若者はすかさず言ったが、魔人はまたも首を横に振り、

「駄目だ、長く強く真っすぐな毛でなくては、駄目だ。その毛で、敷物を作るからだ。それに呪術をかけ、空を飛べるようにするのだ。だから、髪の毛でなくては、いけない。ほかの毛は、駄目だ。違う物をくれ。お前がよければ、小指をくれ」と言った。

「こ、こ、小指。どうして、小指が欲しいんだ。俺の小指を何に使うんだ」と、若者は叫んだ。魔人は、当然そうな顔をして、

「おれは、色々な別々の人間の鼻や口や耳や指や足や胴などをつなぎ合わせて、俺の言うことをきく、人形を作っている。だから、それらの部品が要るのだ。今、小指が在庫不足だ」と言った。そして、「こういうのだ」と言うと、小さな人の形のような物を掌に出した。

若者がそれを見ると、両方の目や耳の色が、不揃いな、左右対称でない顔をした、いや、体もそのような人のような物であった。

「踊れ」と、魔人が叫ぶと、その人形は人の大きさに拡大し、奇妙な仕種で河原を踊りだした。若者はそれを見ていると、頭がおかしくなりそうになり、

「分かった。もう、そいつをしまってくれ」と、小さく叫んだ。

先ほどの、欲にかられた元気が萎んだようだ。若者は俯きながら、「じゃぁ、もういい。願いは、一つだけでいい」とポツリと言った。

しかし、魔人は、大きく首を横に振り、「駄目だ。願いは、三つ言え。断れば、命を貰う」と言った。若者は、泣き出した。「頼む、勘弁してくれ」と土下座をし、手を合わせて魔人を拝んだ。魔人は腕組みをして、再び首を横に振った。

「拝んでも、祈っても駄目だ。俺は、神や仏ではない。魔人だ」と言った。

若者は、項垂れたまま、「そうか、どうでも、次の願いか。じゃぁ、お前の言う、小指をやろう」と言った。しかし、少し、目を輝かせ、「小指をやるが、千両だ。千両箱をくれ。いや、五千両だ」と言った。

魔人は、「お前は、金が好きか」と聞いた。

若者は、「あたりめえだ。金さえあれば、この世の中のものは、何でも手に入る」と言った。

それを聞いた魔人は、すぐに頷き、「俺は、お前のような人間が好きだ。よし、願いを叶えてやろう」と、少しピントはずれの返事をした。またもや、閃光が、走った。

若者は、目を強く塞いだ。そして、ゆっくりと目を開け、「うん、どうした。何もないじゃねえか」と独り言をもらしたが、魔人を見ると、親指と人差し指で、色の違う小さな指をつまんでいた。

若者は、自分の両手をじっと見た。右手の小指が、無くなっていた。しかし、血も出ていないし、痛みもない。無くなった断面を見ると、ツルツルで、綺麗な楕円をしていた。

若者は、「くそっ」と小さく叫び、「五千両は、どうした」と、涙目で魔人を睨んだ。

魔人は、若者の小指を見ながら、「お前の後ろだ」と言った。若者が振り返ると、千両箱が五個積んであった。若者は、一番上の千両箱を開け、中を見た。小判が、びっしりと詰まっていた。「ひぇー、ご、ご、五千両だ」と叫んだ。そして、「小指ぐらいかまわねぇ、この五千両が、あれば」と呟いた。

その時、魔人は、「一人で、それを運べるか。この辺りに隠しておけば、誰かに見つかるかもしれないぞ。どうする」と言った。

若者は、「なぜ、そんな心配をする。どういう魂胆だ」と、魔人を睨んだ。

魔人は、「さっき、言っただろ、人の毛で空を飛ぶ敷物を作っていると。それに普通の人間が乗れるのか、そして意のままに飛べるか、試してみたいのだ。それを見てみたいのだ。俺の呪術の腕を」と言うと、どこから出したのか、様々な色をした四畳ほどの平らな毛の塊を両手に広げると、一畳ほどを引き裂いた。そして、「これをやるぞ。欲しくないか。空を意のままに飛べるのだ。荷も運べる」と言った。

しかし、若者は、「人が、乗って飛べるかどうか、試してみたいって言ったじゃないか。もし、俺の体のどこかをお前にくれてやってから、飛べなかったら、どうする？　信用問題だぞ」と魔人を睨みかえした。

魔人は、初めて眉を寄せ、困った顔を見せ、「そうだな、分かった。では、飛べるかどうか、試してからでよい。試乗してみろ」と言った。若者は、「よし、どうするんだ」と言いながら、魔人の差し出す敷物を受け取った。

魔人は、「それに乗って、どこへ行け、どうせよ、と心で念じろ」と言った。

若者は、もう、半ば、やけくそになっていた。敷物の真ん中によいしょと腰をおろすと、「飛べ、空を駆け上れ」と念じた。

敷物は、若者を乗せ、夜空に舞い上がった。どんどん魔人や地上のものが、小さくなっていく。若者は、必死に敷物に掴まりながら、左に回れ、右に回れ、真っすぐ行け、などと心で念じた。

敷物は、若者の念じるようにスイスイ飛んだ。そして、若者は、ふと、(このまま、これに乗ってあの化け物から、逃げてやろう。百両は、懐にある)と思った。

その瞬間、空飛ぶ敷物は、まっしぐらに魔人のもとへと、舞い降りた。魔人は、「俺から、逃げられない。では、何かをくれ」と若者に言った。

若者は、「くそっ」と小さく叫んで、敷物を両拳で殴りつけた。そして、「左足の薬指だ」と言った。が、魔人は、首を横に振り、「足は、指だけでは駄目だ。どちらかの指のついたままの足の付け根から下か、膝から下だ。足の指は細かすぎて、老眼の俺には、細工が難しい」と言った。

若者は、再び、「くそっ」と叫び、「じゃあ、左の耳だ」と叫んだ。その時である。若者の後ろから、「いかん」「誠をくれと叫ぶのじゃ。そうすれば、こやつの術は、解け、お前の指も元通りになり、その化け物は、あの行灯の中に閉じこめられる。さぁ、言え」と、どこから現れたのか、老僧が叫んだ。魔人は、体を左右に振らせ、明らかに狼狽した。

そして、「金は、要らんのか」と若者を睨んだ。若者は、ふと、その時、自分の母親に、「この子の耳たぶが可愛い」と、小さな頃言われたことを思い出した。そして、「お前なんぞに耳は、やらん」「誠をくれ」と叫んだ。すると、あっと言う間に魔人は、行灯に吸い込まれた。手を見ると、小指が、戻っていた。

あとで、老僧が言うには、あの化け物は、「誠」のほかに「愛」をくれと言っても、行灯に吸い込まれるのだそうだ。

（完）

著者プロフィール

我 鳳（が ほう）

1960年代生まれ、大阪在住。旧関西六大学の一つの法学部政治学科に8年在学したが、退学。現在は、会社の事務管理をしながら、本居宣長、伊能忠敬、宮本武蔵を師と仰ぎ、小説を書く。
筆名の我鳳は、人は誰でも、我が心に不死鳥鳳凰を宿すの意より。

数珠僧 人はなぜ、人を助けるのか

2007年2月15日　初版第1刷発行

著　者　我 鳳
発行者　瓜谷 綱延
発行所　株式会社文芸社
〒160-0022 東京都新宿区新宿1－10－1
電話 03-5369-3060（編集）
03-5369-2299（販売）

印刷所　株式会社平河工業社

ISBN978-4-286-02391-5